莎喲娜啦·再見

◉黃春明／著

黃春明作品集3

聯合文叢

442

黃春明作品集

03

目次

黃春明作品集

總序

聽者有意

黃春明

為自己的小說集寫一篇序文，本來就是一件不怎麼困難的事，也是禮所當然。然而，對我而言，曾經很認真地寫過一些小說，後來寫寫停停，有一段時間，一停就是十多年。現在又要為我的舊小說集，換了出版社另寫一篇序文，這好像已經失去新產品可以打廣告的條件了，寫什麼好呢？

在各種不同的場合，經常有一些看來很陌生，但又很親切的人，一遇見我的時候，親和地沒幾分把握地問：「你是……？」我不好意思地笑笑，他也笑著接著說：「我是看你的小說長大的。」我不知道他們以前有沒有認錯人過，我遇到的人，都是那麼笑容可掬的，有些還找我拍一張照片。我已經七十有五的老人了，看他們稍年輕一些的人，想想自己，如果他們當時看的是〈鑼〉、〈看海的日子〉、〈溺死一隻老貓〉，或是〈莎喲娜啦．再見〉、〈蘋果的滋味〉等等之類，被人歸類為鄉土小說的那一些的話，那已是三、四十年前了，算一算也差不多，我真的是老了。但是又有些不服氣，我還一直在工作，只是在做一些和小說不一樣的工作罷了。這突然讓我想起么兒國峻，他念初中的時候，有一天我不知為什麼事嘆氣，說自己老了。他聽了之後跟我開玩笑地問我說：「老吾老以及人之老」這一句話用閩南語怎麼講。我想了一下，用很標準的閩南讀音唸了一遍。他說不對，他用閩話的語音說了他的意思，他說：「老是老還有人比我更老。」他叫我不要嘆老。現在想起來，這樣的玩笑話，還可以拿來自我安慰一下。可是，我偏偏被罩在「說者無心，聽者有意」這句俗諺的魔咒裡。

當讀者純粹地為了他的支持和鼓勵說：「我是讀你的小說長大的」這句話，因為接受的是我，別人不會知道我的感受。高興那是一定的，但是那種感覺是錐入心裡而變化，特別是在我停筆不寫小說已久的現在，聽到這樣的善意招呼，我除了難堪還是難堪。這在死愛面子的我，就像怕打針的人，針筒還在護士手裡懸在半空，他就哀叫。那樣的話，就變成我的自問；怎麼不寫小說了？江郎才盡？這我不承認，我確實還有上打以上的題材的好小說可以寫。在四十年前就預告過一長篇《龍眼的季節》。每一年朋友，或是家人，當他們吃起龍眼的時候就糗我，更可惡的是國峻，有一次他告訴我，說我的「龍眼的季節」這個題目應該改一改。問他怎麼改。他說改為「等待龍眼的季節」。你說可惡不可惡。另外還有一篇長篇，題目「夕陽卡在那山頭」，這一篇也寫四、五十張稿紙，結果擱在書架上的檔案夾，也有十多年了，國峻又笑我亂取題目。「看！卡住了吧。」要不是他人已經走了，真想打他幾下屁股。

我被譽為老頑童是有原因的，我除喜歡小說，也愛畫圖，還有音樂，這一、二十年來愛死了戲劇，特別把兒童劇的工作，當作使命在搞。為什麼不？我們目前臺灣的兒童素養教材與活動在哪裡？有的話質在哪裡？小孩子的歌曲、戲劇、電影、讀物在哪裡？還有，有的話，有幾個小孩子的家庭付得起欣賞的費用？我一直認為臺灣的未來就在目前的小孩子，因為看不出目前的環境，真正對小孩子成長關心，所以令我焦慮，我雖然只有棉薄之力，也只好全力以赴。這些年來，我在戲劇上，包括改良的歌仔戲和話劇，所留下來的文字，不下五、六十萬字。因而就將小說擱在一旁了。

這次一起出八本集子，舊有的四本小說集和一本散文集子，新出的另外三本是這幾年來，忙中抽空寫的零星幾篇小說，還有以前沒收錄的小說，加上一些散文，其中寫作時間較密集的方塊專欄；它們是《九彎十八拐》、《沒有時刻的月臺》和《大便老師》。

非常感謝那一些看我小說長大的朋友，謝謝聯合文學的同仁，沒有他們逼我，我要出書恐怕遙遙無期。我已被逼回來面對小說創作了。

莎喲娜啦·再見

人間的條件

想想這兩天的行徑！竟為了幹兩件罪惡勾當，心裡還禁不住沾沾自喜。

一件是：帶七個日本人去嫖我們的女同胞。

一件是：在這七個日本人和一位中國的年輕人之間，搭了一座偽橋，也就是說撒了天大的謊。

事情是這樣的，昨天上午，總經理從高雄分公司掛長途電話，要我在十二點回臺北前十分，到機場去接馬場等七個日本人。說他們是和我們公司業務有極密切關係的人，一再叮嚀要好好招待，並且說他們決定一下飛機，馬上就要赴礁溪溫泉去玩。我說從臺北到礁溪那麼偏遠，不如到北投溫泉好。

「誰不知道礁溪偏遠，小姐沒有北投漂亮，旅社設備也差，但是你知道，他們的目的是在換換口味——馬場他們這一夥是一個『千人斬俱樂部』。他們來過臺灣已經有五次之多了，連這一次是第六次。礁溪溫泉是馬場來信指定的……」

「總經理，這樣子好嗎？請葉副理帶他們去，我手頭上還有很多事沒辦完。」

「不不不！礁溪是你的故鄉，所以我要你帶。」

「但是……」

「這也是公事。是急件的！」總經理很正經地說。說完了突然笑了起來。大概他想到把這種拉皮條的事，列為急件公事而覺得好笑吧。我想。

本以為沒法子推辭了，但聽見電話中的笑聲，我鼓起勇氣正想再推辭一遍時，電話局的通話時限警號嘟嘟地叫，電信局的小姐問：「要不要繼續？」我和總經理幾乎同時回答，我說繼續，他說不用。我吃虧的是，只有對方可以不說話，將電話掛斷就表示他的回答。明明聽到那一邊把電話掛掉了，我還不能自主地喂喂地連連叫了幾聲，才失望地把手上的聽筒放回去。除非我回家不幹，就這樣，這件拉皮條的差事，算是要我幹定了。

真是作夢也想不到，我這一輩子竟也要幹拉皮條的事。不過事情可沒有像說的那麼輕鬆簡單，當時我心裡還經過一陣痛苦的掙扎哪。

當我重重地把聽筒放回去的時候，葉副理和整個業務部辦公室的同事，都把目光集注到我身上。葉副理已經知道一點，並且我在電話中還提到他，所以他一等我說完了電話，還故意提高嗓子說：

「總經理要你帶日本人去礁溪溫泉啊。」

「要我去拉皮條的！」我氣憤地說。

全辦公室裡的同事，除了兩位小姐把頭低下來，其他人都開懷大笑起來。雖然他們個個笑臉對我，但是我總覺得他們此時集注在我身上的目光，都是對我挑戰。平時他們都認為我是最有原則的一個不愉快的人，而我在言行上，也以此標榜自己。所以我想，他們現在就是等著瞧我，怎麼去處置這件拉皮條的差事。沒想到一時會被這些幸災樂禍的目光，逼到十分窘迫的境地。事情倒不僅是拉皮條，如果單單是為了這個，我很可以在大家面前，自我解嘲一番就算應付過去，同時亦可以不傷我的原則。這一點我是有把握的。問題是才不久以前，為了報紙上的一則消息，在他們面前我極端民族主義地臭罵過日本人，那麼現在我將要唯唯諾諾地帶七個日本人，去嫖我們的女同胞，我心裡明白，此時同事們喜歡看到我拍拍屁股一走了之，然後投給我欽佩而又羨慕的眼色，甚至於不惜稱讚，大大地給我讚美一番。同時一定還有聊表意思意思的人，會很像一回事地挽留我。我也知道，要是我默默地去接日本人，我在他們心目中的地位，會一落千丈，而影響到今後在公司的工作。這還不算，至於我面對我自己，還有更深一層的矛盾等著折磨我哪。

居於個人與一個中國人對中國近代史的體認的理由，我一向是非常非常仇視日本人的。據說我最喜歡聽他講故事的祖父，他的右腿在年輕時，被日本人硬把它折斷。還有，在初中的時候，有一位令我們同學尊敬和懷念的歷史老師，他曾經在課堂上和著眼淚，告訴我們抗戰的歷史；說日本人分明是侵略我們中國，還高唱著代天行道、打倒不義的戰歌，把這一場醜惡的侵華戰爭，美其名為「聖戰」。同時在大陸上殘殺無數無辜的老百姓。當時這位南京人的歷史老師，拿出外國雜誌上的圖片，讓我們看到南京大屠殺的鏡頭；我們看到被砍首的中國人，被刺刀刺進肚子的孕婦，其中最最難忘的是，一群中國人緊緊地手牽著手，有的母親緊緊地抱著孩子，走下土坑被活埋的場面。記得當時看了這些圖片，整個身體都變得像石頭一般的僵化了。我們一邊含著眼淚聽鄒老師講，一邊在心裡還恨自己的年齡沒能趕得上八年抗戰，去找日本鬼子為我們同胞報仇。哪知道，事隔將近二十多年，世局的變遷，社會的變化，歷史給歷史老師的使命，在我們心田裡種下的種子，久而久之，也就像現在，只覺得偶做胚動，而未遇時機露芽，或許我的這種意識早被潮流淘汰；但是在我個人的意識中，根深柢固的這般，是我無法拔除的。然而，現在在形式上，不但不能仇視日本人，總經理還說要我帶他們到礁溪溫泉，好好招待招待他們。其實，這件差事要是落在其他中國人的身上，他也發生同樣的矛盾和痛苦的話，在於我又是一個礁溪人的立場，因而又有另一層難言的苦衷。可不是？到時候家鄉的朋友問我回來做什麼，我怎麼向他們說呢？總經理在電話中，還強調著說，因為我是礁溪人，所以要我帶他們。

他媽的！不幹了！

不幹？

來臺北也有十年了，十年間換了二十多個工作地方，每次都是耍性子瀟灑一時，其間，也幾次沒錢付房租、嬰兒生病典當東西看醫生等等。受到這些日子驚嚇的妻了，她臉上的陰影到現在尚沒有完全退卻哪。再說：這個工作不幹了，下一個能容我工作的地方在哪裡？還有我最近胸腔動不動在三更半夜痛醒過來的身體，這都不是憑過去的衝勁所能把握的。說真的，因為有了目前的這一份工作，我第一次使這個小家庭的生活安定下來，隨即妻的那張驚慌著的苦臉，也能為咿呀學語的孩子學會了一點什麼行為，而開始泛起笑紋把陰影撥開，小孩子經常復發的支氣管炎，似乎也不見發作。

他媽的！不能不幹！

幹？

幾年來一直堅持下來的原則，也把自己塑造成一種特殊的個性和氣質，就要垮在今朝？那又何必當初。真不像黃××你自己。我知道，熟悉我的朋友知道了這事情，一定都會感到驚訝。一向習慣於友人類似讚賞自己的目光下活動的我，如果那些目光都黯淡下來了，我將怎麼辦？我想最不容易妥協的還是自己。放棄了原則，我還有什麼？

但是話又說回來，我這樣會不會把自我看得比什麼都重要？會不會眼光不夠遠大？難道我自己偉大得不值得去為妻小他們犧牲一點什麼？何況妻小不見得有你的原則。妻是一個成人，即使她能了解丈夫的原則和價值，並且贊成這原則，堅持這原則而不辭勞苦；但是小孩子，什麼都不懂的小孩子呢？他肚子餓了，他有權張大口哭鬧著要奶喝；他生病了，他有權要求看醫生，他有權向這個世界要求一切使他長大獨立自主。我知道我不能忍受對小孩子有所虧欠。說不定孩子將來會有很大的成就，不然或是到孫輩他們。然而，這個關鍵很可能就是現在的幹與不幹。這時候我突然發覺，我過去是多麼混蛋的人；所謂的原則，其中大部分是看低了什麼，提高了自己，和高估了什麼，提高自己的自我滿足的心理衛生的把戲罷了。

「我看我拉皮條的事幹定了！」我用玩笑的口氣，向辦公室裡渴望馬上有個結論的目光說。但是我心裡是非常正經地決定了這件事。我知道他們現在對我怎麼想，所以我不能不搭建樓梯，讓自尊從高高的地方，安安全全地走下來：「不要笑，我鐵要幹拉皮條的事。為什麼不？」我好像顧不了他們聽不聽，我必須做完簡單而重要的演講。「我今天不帶他們七個日本人去，別人會帶他們去。照樣有七個女同胞被殺。」首先他們愣了一下，然後一下子又變成轟笑起來。

「喂！老黃，你怎麼了，我們又不是禁娼委員會，或是什麼的，幹嘛突然對我們講這個？」葉副理說完，又引起大家笑。

「不，不。先聽我說嘛。」其實我還有什麼說呢？但是話又不能這樣結束：「以我所知道，那些女人沒有一個是自甘墮落的，她們都是環境所迫，為整個家庭犧牲。我去幹拉皮條，教她們怎麼向日本人敲竹槓。你們知道，那一個地方的女人越便宜，代表那地方越落後；像南美洲的幾個國家，一個女孩子採一天的咖啡豆才賺八披索，一個十四歲的孩子跟人陪宿是十六披索，大飯店裡的一杯咖啡也是十六披索，你們不要笑，這是真的。我們在日本人的心目中，也是一個落後地區，事實上我們已經進步很多。但是在他們的印象，還是把我們看得低。他媽的，看他們來到臺灣的那一副優越感，心裡就氣憤……」

「那你又要帶他們去礁溪玩?!」沒想到羞答答的陳小姐，竟然被我的話感動而冒出這麼一句話來。這一下又激起一陣笑聲，我陪大家笑，心裡納悶起來，本來我是為自己安排樓梯的，這麼一來又把自己逼到極端。

陳小姐的話又不能不作答，我不知怎麼說才好，只是反應著說：「是啊，是啊……」那一定很滑稽，他們又笑了。

就在即將陷入尷尬境地之際，忽然來了一個靈機，叫我反問陳小姐：

「要是總經理叫你做這件差事，你幹不幹?」說完這句話，我心裡暗地裡叫險。如果她回我說：「不幹!」這我將怎麼辦?

我來不及多想，陳小姐馬上回答說：

「我是女孩子，總經理才不會叫我。」

在笑聲中我抓住機會，借題轉移目標說：

「葉副理，要是總經理找你，你幹不幹？」他在笑聲中支吾時，我接著說：「剛才總經理電話中說，這也是公事，不但是公事，他還說是急件的哪！」

葉副理嘿嘿地笑著。

「不會錯吧，沒人敢拒絕對不對？」面對著他們有點僵化了的笑臉，我第一次很清楚地意識到自己是多麼地狡猾。

七武士

中午，我用半開大張的白紙，在上面大大地寫著「歡迎馬場先生」等字樣，站在機場的出口處，對著陸續走出來的旅客，很難為情地輕輕搖動。不一會兒的工夫，有一位日本人看看我手上的紙牌，對我笑笑，然後停下來回過頭向後面的人用日語喊：「來了，來了。在這裡。」從後面跟著來的有四個，他們都停在第一個站著的那兒，一起回頭看裡面。我聽到他們嘰哩咕嚕地談：

「馬場君和竹內君呢？」那個先出來的人說。

「還在檢查室！」

「這一次怎麼這樣麻煩！」

「好像只對我們日本人這樣窮找虱子。」

「混蛋透了！」

「連褲子裡面都搜查了。……」

「我也是！」

「真的？哈哈……，我可沒有。……」

「不會吧？我們四個都有哪！」

「真的你們都被翻褲底了？」

「嗯！你也被脫了吧。有什麼不好意思，還賴。」

「嘿嘿……如果是臺灣姑娘來檢查，大家一定都很情願……」

他們一夥哈哈地笑得很開心，好像受檢查的怨氣也給笑跑了。

他們站在我的對面，我在欄鏈子這邊大約隔五六步之遠。我看我們已經連絡上了，就把那一張紙摺起來放在後面的口袋裡，心裡想著剛才拿著它搖晃的樣子，「也真他媽的醜死了！」那一位先走出來的，以為我跟他說什麼，他向我這邊說：「馬場君還沒出來。請等一下。」

他們似乎又為一點焦慮騷動起來。

「馬場會不會有什麼麻煩？」

「不會的，他沒有帶什麼違法物品嘛。」
「會不會是因為那些玻璃絲襪和褲襪？」
「不會！我們帶過好多次了都不出問題的。」
「說不定。這一次帶了八十件哪！」
「那些東西便宜得要命，要就送給他們算了。」
「真掃興。」
「馬鹿野郎！」
「……」
「……」他們咕噥著，因為隔了一段距離，我不能完全聽清楚他們還說了什麼。
差不多和他們同班飛機的人都出來了，他們還等著馬場和竹內兩人。他們當中正有人想走過來跟我談什麼的時候，有幾個人一起叫起來：「出來了！」
兩個矮胖的日本人，兩張臉都綳得緊緊地向這邊走過來。
「有沒有問題？」他們的朋友問。
「有什麼問題！還不是找麻煩，真氣人！」
「啊，馬場君，他們來了。」那個人指著我說。
馬場馬上露出笑臉，帶著他們走到我面前，我們隔一道欄鏈交換了名片。

「沒有關係，你們總經理怕太太我們都知道。」
「不！這一次他真的在高雄趕不回來。」
「怕太太的趕回來有什麼用？」馬場笑著說：「我們有你黃君來帶就不虛此行了。」
「不……」我真不知道怎麼回答好，馬場的話無意中又提醒我意識到拉皮條的事。我心裡很難過，嘴巴卻說：「我盡力就是，恐怕會讓你們失望。」
「看你的樣子，年輕又瀟灑就知道。」
他媽的，這句話實在不好聽，不知他們怎麼想。
「馬場君，我們還等什麼？」他們催著。
「不等什麼啊！」
「那麼就走吧！」
「走！」馬場說：「黃君，此行看你了！」
他們的行李都很簡單，每人肩上掛個包包，手提各裝兩瓶洋酒的包裝袋，另一隻手提小提包。我們八個，正好僱兩部計程車，從臺北機場直趨礁溪。
剛才雖然在機場互相交換了名片，但是我還是不知道誰是落合、誰是田中、田村和上野。只有後出來的馬場和竹內，還有後來才知道的佐佐木，因為他的臉特別長，也是最先走出機場跟我點頭的那一個。我和馬場還有記不得姓氏的兩位坐第一部車，竹內和佐佐木他們坐第二部車。

「黃君，從這裡到礁溪要多少時間？」馬場問。

「如果在山路上不遇到下雨和落霧的話，兩個半小時就可以到達。」我說。

「那不近嘛！」其中有一位禿頭的說。

「什麼？」坐在馬場他們中間的一位笑著說：「落合君心裡癢得等不及了！」

「馬鹿！你才等不及咧！」他也笑。

「我來說公道話，田中君也等不及呀！」馬場也湊在一起大笑起來。

我從前座半回轉身說：

「不、不，馬場君的話還是有欠公道。應該說大家都等不及才對。」

他們三個人笑得往後仰，並且一邊說：「對、對……」

「我說得不錯吧，有黃君帶絕不虛此行的，他最了解我們的心情了。」馬場說。

他媽的！他媽的……我心裡雖這樣叫罵，但臉上還是嘻嘻哈哈地做樣子給他們看。

我很清楚地意識到，我將近十年來，在商業社會的工作場所，染上了自己一向看不起的習氣。然而這種由社會形態影響個人的習氣，竟然和自然界的生物，求生存的本能偽裝、保護色、警戒色、模擬等等是一樣的。

從剛才的談笑間，我已經知道，禿頭的叫落合，另一個叫田中。當車子從敦化北路來到南京東路繞銅像時，田中一邊往後看，一邊說：「車子開慢一點，後面的車子會跟不上。」說完他們也都回頭看。

「跟到了，就在後面。」

「放心吧，司機先生都知道。」我說。

他們三個回轉頭坐好，稍沉默了一下子，馬場吐了一口煙，嘆氣地說：

「最近臺北的海關怎麼搞的，特別對日本人過意不去！」

「真的，到底是怎麼一回事？」落合問。

「特拉維夫恐懼症啊！」我帶著責備的口氣說。

「什麼特，什麼恐懼症？」落合傾過來問我。

我看馬場和田中也沒聽清楚的樣子，我就說：「上個月不是貴國的四個年輕人，在以色列的特拉維夫機場……」

「噢——知道了，知道了……」田中越說聲音越小，其他兩人慢慢把背靠後，一邊點點頭。「他媽的！真像野獸，一下子殺死那麼多無辜的。」我抑制幾分憤怒，「難怪這裡的海關啊！」

「那當然，那當然，」馬場說：「不過臺北好像比較敏感一點……」儘管馬場還有落合和上野，他們怎麼想掩飾內心的窘迫，但是我還是可以看出來的。

「如果臺北是敏感的話，乾脆就不叫你們下飛機。」停了一下，我又說：「特拉維夫恐懼症今天已經是世界性的問題了。」

「嗯，那是真的……」馬場小聲地說。

「日本今天的年輕人，也實在太無法無天了。」落合望著我，好像努力在說明什麼，想讓自己脫罪：「他們一天到晚反對這個，反對那個，整個日本被搞得烏煙瘴氣。照我看，日本再這樣下去，後果真不堪設想。」

聽了落合的話，本來想趁著這機會，跟他們弄清老帳，說老一輩的日本人，也不見得比年輕一代的日本人高明多少，侵華的血腥，在歷史上是永遠洗不清的。

但是看了他們每一個人，一下子變得很不愉快的樣子，並且日本人到臺灣來的那一份優越感也消失的時候，我只那麼想了一下子，也就作罷了。我先笑了一下說：

「各位幹嘛那麼認真？」停一停，「有沒有什麼東西被沒收？」

「那倒沒有。」

「我們並沒有帶什麼違法的物品進來。」

「那就好了。怕的是你們的劍被沒收。」我打趣說。

「什麼劍？」馬場緊張地叫起來。其他兩位也緊張地瞪著我發愣。

「黃君，別開玩笑了，你說什麼劍？」落合跟在馬場的後面問我。

看他們緊張成這種模樣，我笑得更厲害。我說：

「還有什麼劍？你們『千人斬俱樂部』的劍啊！」

他們突然恍然大悟地大笑起來。

「哈哈……對、對，千人斬的劍！哈哈……」

「這種劍劫不了飛機，當然不會被沒收啊！哈哈……」

馬場還故意摸摸底下說：「我摸摸看，說不定劍被沒收了還不知道哪。」

說實在，不管我怎麼惡作劇，有意氣憤地整他們，但是我也覺得很好笑。

馬場接著像滑稽明星的表演，拉高嗓門學日本武士怪聲怪調地呼誦：

劍道——乃是人道——

劍在——人乃在——

劍亡——人乃亡——

落合和上野在旁邊笑。落合告訴我說，馬場現在朗誦的這幾句話，就是他們叫「千人斬俱樂部」宣言的最後部分。現在他們又高興起來了。

「你們千人斬俱樂部成立多少年了？」

「有八年了。會員就是我們七個。」馬場說。

「為什麼只有你們七個會員？」

「我們七個啊，小學同學、中學同學，當兵在一起，現在做生意也在一起。怎麼樣？很難得吧。有好多人想參加，我們都不肯。」

「我們這個會，會員雖少，但是在日本很有名哪。」落合得意地補充馬場的話說。

「你所謂的千人斬，有什麼特別意義沒有？」我問。

「當然有意義啊！」馬場眯著眼，「古時候日本的武士都有一個願望，他希望在一生中殺死一千個人……」

「沒有一個武士達到這個目標吧！」

「沒有。但是這是武士的理想。一個武士如果沒有這個理想，也就不能做一個好武士。為了要殺一千人，他會好好練武。」

「那麼你們千人斬的意義是什麼？」我明知一些，我這樣問，只是想他們有什麼別的。

「嘿嘿……」馬場奸詐地笑笑，然後說：「武士道的時代已經過去了，我們不能再佩著武士刀浪遊天下，不是殺人就讓人殺。同時，我們也不願意當武士。我們千人斬的意思是，希望今生跟一千個不同的女人睡覺。嘿嘿……明白了？」馬場看著會員顯得十分得意。

我頓時覺得他們非常非常醜陋。但是我臉上的表情，一定還是那副笑容！不然他們不會那麼放浪。可怕的是，我臉上的那一副表情，已經不用下意識去裝出來。

「你們有沒有人達到這個目標？」

「沒有！」落合禁不住搶先說：「一千個，聽起來好像不多，其實不簡單……」

「一千人是我們的理想。我們一有機會就出國，南美洲、東南亞，還有韓國、臺灣，是我們常跑的地方。」

「唷！那麼你們很花錢嘛！」

「生不帶來，死不帶去，這樣想想也就不覺得可惜。人生短短的，能快樂就盡情地快樂。對不對？這也是我們七個人所同感的地方。」沒想到這樣的事情，還有這麼悲壯的哲學基礎，並且讓馬場說來，也帶有幾分嚴肅。

「還有，我們有一個原則，除了自己的太太，絕不跟同一個女人睡兩次覺。」落合說。

「這樣算是違反貴部的規矩嗎？」

「不。一個人精力有限，不要說一千個人，算一千次都不簡單。所以為了達到本部的目標，自然就會產生這種自我的約束出來。」

只顧自己埋在角落，聽別人說話而露出笑容的田中，就那樣靠在椅背抱著手也開始插進嘴來了：

「請問黃君，在西門町有一家咖啡廳，是在地下室的，名字——」他想了一下，「名字記不清了，上面好像是理髮店，對，是理髮店！那一家咖啡廳，現在還在不在？」

「地下室的咖啡廳……」我思索著：以前的野人上面也不是理髮店，文藝沙龍嘛也不是，還有……

在我思索間，他們談著。馬場把臉轉向田中，興奮地說：

「你是不是說秋子那一家？」

「對！就是秋子。」上野也興奮起來。

「黃君，我告訴你，你馬上就可以想起來。」馬場手拍著我的肩膀，然後手比著：「理髮店旁有一道很窄的門，平時不注意根本就不會知道，那個咖啡廳就是從這道門出入。想起來了沒有？」

「沒有印象。」我搖搖頭。

「那就怪！這一家很出名哪！在我們日本都很有名哪！你怎麼會不知道？」馬場說。

「我真的不知道。什麼事那麼有名？」

「嘿嘿嘿，有各路來的姑娘，搞各種把戲。你真的不知道？」

「不知道。」我真的不知道。馬場和田中詭祕地望著我笑。

落合好像在主持公道說：

「我相信黃君真的不知道。這種事往往觀光客比本地人清楚，因為那種地方是做觀光客的生意，不做本地人的生意。難怪。」

照理說，我應該感激落合才對，他替我辯解，解開為難，但是我覺得他未免把事情看得太嚴重了。不清楚這種地方有什麼不體面，反而清楚這些，在中國人的社會裡才是不體面的事。不知道日本人對這事的看法是怎麼？一種輕微的惱怒掠過心裡，我說：

「落合君，你大可不必為我這樣解釋。如果你們今天問我故宮博物院，或是歷史博物館在什麼地方，我不知道的話，我自己會覺得很難堪，像這種事，哈哈哈……」我之所以會笑起來的原因，是因為我覺得我的話太嚴肅，害他們有點緊張地為我頻頻點頭，表示贊同我的說法。

「黃君，你說得對，但是我們並沒有惡意……」馬場認真地說明。

「是，我們絕對沒有惡意。」

我很能裝。我把它當著很好笑的事情那樣，哈哈地大笑起來，慢慢地他們也被我的笑聲同化了。這樣我竟然能笑出一點眼淚，我拭淚說：

「怎麼了？是你們認真，還是我在認真？」我笑著：「老實告訴你們，你們剛才說的那一家地下咖啡廳我知道。現在已經不在了。不久以前被取締了。」
他們三人無可奈何地望我笑笑。落合好像有話想說，然而上了喉頭，不知又被什麼念頭打消，使他才挺起的上半身，一下子又跌到靠背上。馬場說：
「黃君，你夠厲害，」他怕我又誤會什麼，「我是說我很欽佩你。」
「不敢，不敢……」
他們互相交談著說：
「我說得不錯吧。」
「真的。」
「哪裡，哪裡……」我說。
田中又埋在那裡微笑著頻頻點頭。
我心裡很高興，多少修理了他們一下。但是我還是嘻嘻哈哈地說：
「三個人挖苦我一個，太不公平了。」我看看手錶，「還有一個多小時才能到達目的地，能睡的話睡睡，應該養精蓄銳啊。」
「不，真想多跟你聊聊。你想睡嗎?」馬場問。
「不，我也想聊天。」
「黃君，我們如果說錯了什麼，你可不能介意唷。」落合笑著說。

「不會的，彼此彼此吧。」

車子在叫做雲海的山間跑，司機先生換了一盒卡式錄音帶，播放出來的還是中國歌詞的日本流行歌。大概是這種音響效果的緣故，上野一邊看著外面山間的風景，一邊說：「看哪！這裡根本就和日本的青森縣沒有什麼兩樣嘛！」

「我也正好在想這件事。」落合有點驚奇，低下頭往外觀望。「只是路旁的果園，不是蘋果樹。」

「那些草房子也像。看，就在那邊。」馬場指著被車拋在後頭的草房。

「連車子裡面的流行歌曲也道地吧。」我說。

「還有你標準流利的日本話哪！」馬場對我笑著。

他媽的，真糟！我心裡一邊咒詛，一邊叫屈。如果馬場是有心眼說這句話，我這下就算輸了這一著。我暗中觀察他的表情，想看他是否有意損我一句。要是他是有意損我，我就準備回他幾句。結果我看不出馬場有什麼意圖，但是我心裡還是很不舒服。我想即使他們不這麼想，在他們的潛意識裡面，還是把臺灣看成他們的殖民地。不，不只是意識上的感覺，實際上的像日本商人，來到臺灣在商業上那種趾高氣揚的姿態，就是在他們的經濟殖民地上昂首闊步。我把臉轉回來，面向迎面而來的山路，沿途受心頭的怨恨糾纏。馬場他們三個仍然在背後談笑，好像也在說我什麼，我沒去理他，可是在心裡痛恨而表面上迎合的情況之下，說他們說什麼好聽的故事也罷，說有多刺耳就多刺耳。

他媽的！拉皮條。不幹了！

不幹？上午和總經理通完電話時就該不幹了，現在怎麼可以……

上午接完電話後的心理交戰，又重新在心裡複習。在受不住矛盾交迫之下，拉下了玻璃，把頭伸出窗外讓風沖沖，同時做了幾下深呼吸，也就覺得舒暢了一點。這時候，車子正好沿著坪林溪谷的山脊走，我很自然地俯覽山谷，我看到千仞下面的谷底，看到細長的坪林溪潺潺地流著。奇怪的是，深谷底下纖細的溪流景象，竟然叫我一時模模糊糊地想到歷史；歷史的什麼、什麼的歷史，我自己也不確知。就這樣子，我感到眼底下的溪流流過我的心坎，同時我感到悵惘和悲哀。

馬場從後面拍我的肩膀，等我縮回頭時，他說：

「黃君，請司機停一下車。我們想小解小解。」

我們的車子停下來，後面佐佐木他們的車子跟到。他們嘻嘻哈哈不約而同都下來，在路邊站一排小便。我坐在車子裡面，望著他們，看到兩部遊覽車開過來，心裡有點替他們急。但是當滿載男女遊客的遊覽車，從他們身邊擦過的時候，他們還從從容容談笑，還有人竟然一邊小便，一邊回頭對著遊覽車上的人笑。以前聽老一輩的人每說起日本人，總是會提到日本的男人最喜歡站在路旁小便的事。當時我倒不覺得這有什麼大不了。但是，現在看到他們一排站在那兒，不顧一切，隨心所欲地小便時，我才了解為什麼老一輩的人，那麼在意這件事，並且也明白了，為什麼中國人稱日本人叫狗，或叫四腳仔的道理來。

遊覽車過去了，他們笑得很大聲，我還聽到馬場怪聲怪調地叫：

劍道——乃是人道——

劍在——人乃在——

劍亡——人乃亡——

用心棒

到達礁溪碧山莊溫泉旅社，已經是下午三點半了。他們各自選擇了套房之後，為了先吃酒菜，或是先洗個澡還爭了一陣。最後大家才決定先在馬場的房間開酒席。

兩個穿制服拖木拖板的中年服務小姐，很勤快地從外面轉著一張大圓桌面進來。她們一進一出很快地也把凳子湊足了。當她們端著碗筷再回到房間來的時候，也帶來了三位十七、八歲模樣的小姐進來。

「她們三個是當番的啦。」叫做阿秀的服務生對我說。那三個小姐有點畏縮地站在一邊，阿秀指著靠前的一個，「她叫小文，第二個這叫阿玉，最後面的叫英英啦。」那三個被叫到名字的時候，都不知怎麼好地點個頭，然後互相擠在一起吃吃笑著。

我簡單地替他們介紹了一下。他們七個人從頭到腳打量著小姐，害得她們有點窘窘的。小文低垂著頭，好像看到自己並不好看的腳丫子，看到肥短的腳趾頭塗蔻丹，拚命想把腳趾頭縮回來。以我的經驗判斷，這三個小姐都是涉世不久的鄉下姑娘吧，許久在陽光底下工作的膚色，還不見褪卻多少。小腿上還可以隱約地看到，過去生小包包的深色疤痕，密密地集在某一個地方。雖然是職業性的，但由於她們所表現出來的怯生表情，大概引起了這七個沙場老將的日本人感到新鮮。我聽到他們小聲地在討論。

「可能不錯吧。」

「很俗氣，」馬場說：「但是就因為這樣可能不錯。」

「都很年輕嘛！」

「十六、七歲的樣子。」

佐佐木不知說了什麼，我沒聽清楚，可是他們都笑了，並且笑得很大聲。三位小妹仍然擠在一起，看樣子有點怯怕，又不知為什麼禁不住地跟人笑起來。叫小文的那位小姐，還把身子轉回去，順手用力在阿玉和英英的腿上掐一把，害得她們兩人大叫了起來。連日本人也莫名其妙地嚇了一跳，一直問我什麼。阿秀一邊架桌子擺碗筷，邊叫嚷著說：

「你們三個真三八！還不過來幫忙，不怕等一下挨罵！」

「你的小文啦！人家又沒怎麼樣，也給人家掐！」英英說著，一出手就往小文的下體伸過去，「我也要掐你一把才甘心。」

「噯喲！不要——！」小文大叫了一聲，往我們這邊跑。

「頭家娘——來看啦——看你的小文——。」阿秀拉高嗓子叫。

跟阿秀一道進來的服務生，也開始說話了，她很正經地說：「如果你們不想幫忙，就好好地坐下來，這像什麼？他們是日本客人哪！」

她們似乎安靜了下來。

「她們還是小孩子嘛。」馬場笑著說。

「你們看。」落合抱著跑過來的小文說：

「這孩子的身體真不錯，我要這個。」他低下頭向懷裡的小文說：「我喜歡你，知道嗎？」

小文柔順地依在落合的懷裡問我落合說什麼。我告訴了她。她馬上仰頭指著落合的鼻子說：

「不死鬼！」

「小文！你不要亂說話。」阿秀警告她。

「什麼？」落合好奇地問。

「我是跟他開玩笑嘛。」小文說。

落合又問我。我說：「她說你是色鬼！」

落合還有其他的都笑起來。「是，是，我是色鬼。」落合高興地一個一個指著說：「他是，他也是，他也是……我們七個都是色鬼。」

佐佐木在落合的身邊，順便伸手想摸小文的身體，但是小文很快地把佐佐木的手推開說：「你怎可以這樣？」學著歌仔戲上面小丑說的話，笑著說：「朋友妻，不可欺也不知道。」

「唷！好兇啊。」佐佐木也笑著說。

「黃君，這孩子說什麼？」落合問。

我說給落合聽了之後，落合樂得把懷裡的小文抱得更緊：「這個女孩子真好！」

佐佐木覺得好玩，故意伸手去摸小文大腿，讓小文打他的手，這樣一來一往，他們看的人也覺得好玩。

「不死鬼！」小文叫著，並且要落合向佐佐木抗議，落合表示要小文打他。

當然小文只是隨便說「朋友妻，不可欺」，同時除了落合，不讓他人碰她。我心裡想，小文畢竟是中國人，她雖是妓女，這群日本人和她比起某種文明來，實在不如。大概日本人被中國人譏笑做狗，也有這個因素吧。

不一下子，英英和阿玉也都落到他們的懷巾了。接著令我感到這輩子最煩、最尷尬、最窘的事情發生了。他們動不動雞毛蒜皮的話都要我翻譯，並且同一個時間要應付那麼多人。還有大部分話，要是本身沒進入色情的情況，實在不堪入耳。然而還得替他們把這些話翻出來。家鄉有一句話「牽豬哥賺暢」，意思是說養公豬等養母豬的來叫的職業，沒什麼好賺也可以賺到高興。在農村社會裡這種活是不被視為正當職業的，並且幹這種活兒的，通常都是孤獨的老人。他雖然沒有妻兒作伴，但豬在交媾的時候，他都必須守在一旁，插手做最實際的幫忙，而得到刺激過過癮。這句諺語就是這麼來的。我並不以農村社會的標準來輕視牽豬哥的人。如果說牽豬哥能賺到高興，我這樣又賺到什麼？

他媽的！越想越氣憤。但是這又奈何他們？其實他們並沒有強迫我做目前的事。在另方面來說，對我還是很客氣而有禮。他們一下子黃君長，一下子黃君短，多少也有點討我好哪。那麼我到底被什麼牽制著不能不幹？平時從理論多於實際的情況，了解到社會對個人的影響，而這次卻切身地體會到，我面對著像巨人般的社會，不幸衝上他打個噴噓時，我將像遇到一陣狂風，把我吹到十三層天外去。當然，我目前所遇到的不是整個的社會，而是受到日本的經濟所控制的部分吧。我想。就因為如此，日本人到這兒來就顯得優越。

「黃君，多叫幾個女孩子來吧。」竹內說。

「叫她們統統來，說有禮物給她們。」馬場一邊說，一邊轉身去提出一只袋子，「看。有這麼多的禮物。」

我叫阿秀去叫她們來。阿秀說馬上來，酒菜一上，她們就會來。

果然，第一道菜一上，差不多有一、二十名小姐都來了。有的站到裡面，有的站在門外。阿秀像一個指揮，叫著說：「裡面的走進來一點，門外的都進來！」然後對我說：「當番的三個一定要，其他的你們一個人點一個，最好能多捧幾個場。」說完了她看到有些小姐沒走進來，又大聲地，「叫你們進來你們不進來，到時候不要怪我偏誰呃！」

裡面雖然站進來不少，外面還有七八個。她們的表情都很平淡，但是還是可以看出她們在這種職業場中的成敗經驗，在門裡的就顯得比門外優越感。當我走出去請她們進裡面的時候，我還看到一個低頭背靠著牆，很無聊地彈著指甲玩。當她意識到我走出來時，抬頭看了我一下，馬上把頭垂得更低，把臉別到一邊。就在這剎那間，我已經看到她的臉面，有一半是刺青的印記。為了這個發現躊躇了一下。我想，請她進來嘛，她會自卑得更難過。不請她進來嘛，她會想：「客人又不喜歡我的臉」，而使她更難過。這怎麼辦呢？在猶豫間，我也不知怎麼好，我已經輕輕地握著她的手，告訴她說：「我要你，請進來。」這時我看到她又驚又喜的半個臉孔，一下子似乎解除了內心的許多矛盾。接著我變得勇氣十足，攤開手把門外的七八個小姐親切地推了進來。她們也似乎因為我的態度，解除了平時隨伴而來的自卑。

馬場站在一張椅子上，搖搖晃晃的樣子，引起了大家輕鬆的笑聲。他拉開了掛在頸上的包包的拉鍊，拿出幾雙玻璃絲襪，高舉在頭上叫：

「都進來了嗎？過來，每一個人一雙！……」

我鼓勵小姐們上前去拿。結果沒想到，當小姐們湧上前去搶的時候，在底下的六位日本人，竟然乘機打劫，十二隻手伸到小姐的身上亂摸，弄得小姐們又笑又叫。他們樂得忙不過來，一邊摸，一邊得意自語：

「哇！摸到了。」

「呀！不要跑，這個奶奶不錯。」

「……」

我上前搶了幾雙，分給後頭又想要又不敢上前的幾個，她們拿到這樣的東西，都顯得很高興。就是自己上前去搶，身體被亂摸一陣的小姐，也覺得很划得來。其實這種襪子，只是包裝印刷好一點以外，根本和臺北市西門町超級市場附近零售攤叫賣的，兩雙十二元的一樣。不管他們怎樣跟小姐打交道，算是交易也好，或是算見面禮也好，總叫我聯想到所謂的中日經濟合作，和中日技術合作的態勢來。他媽的，經這麼一想，我自己又跟自己鬧彆扭了。

就在這一場摸啊搶啊的過程中，他們各自都選好小姐摟在懷裡。馬場也看準了一個，從椅子上跳下來抱住一個。其他的小姐知道自己沒被看中後紛紛想走開。

「喂！等一下。」阿秀叫住了她們，然後向我說：「請你叫日本人，多叫幾個小姐捧捧場嘛，她們都很可愛哪。」說著馬上向小姐叫：「看你們這一堆死木頭，也不笑也不哭。你們少賺錢，我又不會餓死，你們多賺錢，我又肥不了，和你們比起來，我的心實在太好了……」

馬場說現在連當番的三個，已經有十個了，不願再叫小姐。小姐紛紛走出去，有人一走到門口，咕噥著說：「我就知道不會再叫，還要我們留下來現世……」因為她們是一邊走一邊講，所以後半句也聽不清楚。但是在裡面幫忙的阿秀，馬上放下工作追出去，站在門口叫：「破貨！爛貨！……」

他們問我阿秀在叫什麼？我怎麼能把話翻出來。我只好說：「她叫她們叫廚房快上菜。」

「我還以為吵架哪！還是我們日本話最好聽。尤其是女人說日本話，嗨，最美妙啦！」落合說得很得意。

「那倒是真的，很多外國人都有這種感覺。黃君不覺得嗎？」佐佐木說著，其他的日本人，表示同感頻頻點頭。

縱使有個自知之明的日本人，來到曾經是他們的殖民地的臺灣，而想時時刻刻抑制本身的優越感外露，恐怕也很難。何況馬場他們這等之輩，來到這裡，為所欲為，用錢達到目的，嫖我們的女同胞，還講話損我們的語言，我儘量使自己溫和地說：

「是啊，你們日本話和你們的包裝設計一樣，看起來好看。可是你們日本話說起來覺得好聽，做起來就不是那麼回事兒。」我停下來望望他們，我發覺他們並沒了解我的話，本想說個明白，後來另有念頭一上，也就作罷。我笑著說：「日本話還有一個優點，比如說性交這件事。我們的鄉下人叫它『相姦』，阿兵哥叫它『打砲』，你們覺得很不雅，不堪入耳。如果用日本話說『做愛』，或者就用日本話囫圇吞棗式地生吞外來語，說『買個勞』（Make love），這樣你們就覺得文雅、羅曼蒂克是吧。」我看到他們都笑起來。接著：「其實相姦打砲也罷，買個勞做愛也罷，還不是那麼一回事！難道說買個勞做愛，就有不同的做法，就不會構成罪惡，就能靈肉合一，就能達到最高境界？」開始時我是暗中提醒自己，說話時一定溫和一點，到後來激動的情緒，還不是意志所能壓抑。還好，他們只聽到我的話的粗俗和幽默的一面，所以他們笑得更厲害。我並不覺得有那麼好笑。我突然發現拿這一段的比喻，來批評日本話是不當的。這是拿來批評知識分子的自我陶醉，和虛情假意的話。看到他們將我的話誤解為笑話，當笑話聽著玩，心雖不甘，但某方面的想法告訴自己，「算了吧！」

跟著菜一上來，話題也引開，小姐一個挨一個男的坐下來，開始替客人倒酒挾菜。剛才站最外面那一位臉上有一片印記的小姐，坐在我身邊很殷勤服務。我想我對她必須負某種良心上的責任。因為我看到她對我這般親切的態度，是她在最自卑的時候，我向她說：「我要你，請進來。」而感動了她的吧。說實在話，在極度仇視日本人的心理之下，為了生活不得不為他們幹拉皮條，找幾個女同胞讓他們嫖，這情形在我心裡造成了極大的矛盾。要不是我有小丑那一套內外融而不為一的功夫，我相信我承受不了這種交戰的痛苦。在這種情況，怎麼會對女人動心呢？我心裡暗暗叫屈，晚上不叫她似乎說不過去啦。她雖然是個妓女，由我的舉動使對方動了感情，如果讓她失望，即使一個晚上的時間，我也算是玩弄她的心。我回過頭看看她。她羞怯地看我一下，很快地又把臉避開，這好像成為她自卑的反應。看她還是那麼單純，有點不忍心叫她空歡喜一場。好吧，晚上再說。我對自己這麼說。

方才在這些小姐還沒進來之前，我替小文、英英、阿玉她們三個跟他們的交談翻譯，已經煩得要死，現在又增加了七八個小姐，說有多煩就有多煩。我突然心生一計，開臨時補習班，教日本人中文，教小姐日文。但是只教他們「好」、「不好」、「是」、「不是」這四句話，並且他們都可以同時學習。我的意見一提出，大家都表示贊同。三四分鐘的時間，大家都學會了。他們都覺得很好玩，每個人嘴巴都不停地反覆著唸，「是、不是、好、不好」，吵得我想再說幾句話都不容易。我站起來擊掌叫住了大家，我說：

「現在好了，大家都會說了，從現在開始，你們就用這句話比手劃腳去交談，拜託拜託，千萬不要再煩我。」

這一下可熱鬧，本來不怎麼想說話的人，也都想試試，結果不管通不通，反而變成喝酒作樂的遊戲，笑聲此起彼落！連我自己笑得肚皮都痛起來。有一個小姐，就坐在我的另一邊，她向落合說：

「你是狗養的。」

「好，好。」落合猛點頭還高興哪。害這位叫美美的小姐笑得身體往這邊倒過來。落合問我她剛說了什麼？我說你不是說好嗎？他說他猜美美說的話一定很有趣。

「是很有趣。她說你長得胖了一點，但是很可愛。」我回答落合說。

落合高興地握著美美的手：「真的嗎？嘻嘻嘻，你也很可愛。」諸如此類的笑話鬧了很多。不一下子，大家都互相懷疑對方在作弄，所以變成每一句話都要我翻出來聽聽。

我笑著對日本人說：

「喂！朋友，也把我當著人好不好：我總不能坐在這裡乾看你們樂啊。」故意摟一下阿珍，就是臉上有印記的小姐，然後端起酒杯，「我乾這一杯表示向諸位致歉。」說完就把酒乾了。

「那我們不就糟了嗎？」馬場笑著說。

「怎麼會？你們千人斬不是一直靠劍行天下？」我說。

「黃君，你是我們所遇到本省人當中，最厲害的一個。真搞不過。」

「你們過獎了。」我又抓起杯子，「喏，這一杯表示我對你們給我的誇獎致謝。」我乾了杯子。

從我到飛機場接他們到現在，我可以感覺得到，他們對我的態度，或是在我面前對我的言行，有了很大的變化。至少這個時候，在我面前他們是不會有什麼優越感可以展露，甚至於馬場對我都有幾分怯怕。

旁觀他們這種酒宴，他們不但不會為語言的隔閡所困擾，反而增加了另一種情趣，還有異國情調，使他們感到飄飄然的樣子。也因為如此，他們心裡也癢得快。馬場瞇著眼抱著秋香向我說：

「黃君，這下不能不煩你了。你知道她們的價錢嗎？」

我問阿珍，她支吾難以啟口似的，後來坐在田中旁邊的白梅，被推出來說話。她問我說：

「你們是要休憩一下，或是停泊？」其實她們不懂得休憩和停泊的日語字義，但是這從日治時代一直沿用下來，在這樣的圈子裡，用日語說休憩，就是代表睡一下，說停泊就是代表陪宿。

「停泊多少？」

「是這樣的啦，要是我們自己人，算兩百，」然後她看看日本人，小心地說：「他們真的聽不懂我們的話嗎？」

「不會聽，你儘管大聲說好啦。」

但是她還是小聲地說：「要是日本人就要四百元。」

「這樣好啦，」我大聲地說：「停泊算一千塊。」

「呀！你怎麼這麼大聲說！」有一位小姐叫起來，其他的小姐跟著笑了起來。

「那我們要給你抽多少？」白梅問。

「不要！」我說。

「那怎麼可以？」有好幾個小姐幾乎同時說。

「沒關係。」接著我換日語對他們說：「陪宿要一千元。真划得來啊！你們拿升值的日幣！方便又經濟。」

「好吧，就決定吧。」馬場向會員們斜著點個頭，表示問他們的意見，同時又代表了他們做了決定。

「馬場君，我們說要到花蓮的事，你還沒請黃君給我們辦吧。」

「啊！我差一點就忘了。」馬場拍了一下額頭，然後對我說：「黃君，還得麻煩你。聽說花蓮那裡可以找到山胞的小姐……」

「我不大清楚。」我故意這麼說。

「真的不知道嗎？嘿嘿嘿……」落合指著我懷疑地對我笑。

「那不管。黃君，我們這一次預定來臺灣玩一個星期，花蓮也是我們目的地之一。你現在就替我們掛個長途電話回公司，請公司的人先替我們買八張飛機票，明天中午的。」

「不是七張嗎？」我問。

「還有一張是你的。」

「我明天恐怕有事。」

「你不想跟我們一起嗎?」

「不。恐怕有事。沒關係,如果我不能去,公司還有人會陪你們的。好。我去掛電話。」我說了就走。

「麻煩你了。」

當我打完長途電話回來,大部分小姐都走開了,只剩下英英和小文在整理桌子。

「怎麼了,她們呢?」我問。

「讓她們走開一下,我們需要準備一下啊。」落合神祕地對我笑著說:「黃君,你也得準備啊。」

「我也要準備?」說完了,我也差不多知道他們的意思。我笑著,落合還有他們也都陪我笑笑。

「電話怎麼了?」

「明天十二點半的飛機。我們明天上午九點三十一分的火車走。」

「嗯!沒問題。」馬場看看大家,「就這麼辦吧。」

落合從袋子裡取出一只金盒子,樣子像口紅,比口紅的盒子大一點。「你看過這個嗎?」

我接過來打開看。他們都在旁邊笑。我說:

「這是噴霧香水嘛。」我的大拇指放在那按鍵上。

「喲！」落合叫：「按不得，按不得呀！」他們都笑起來。

「到底這是什麼玩意兒呢？」我真的不知道。

「你沒聽說過印度神油嗎？」

「沒有。」

英英和小文以為是什麼化粧品，她們放下工作也靠近來看。小文問：「那是什麼？」

「呀！不要讓她們知道。」落合從我的手拿回金盒子，但是他大概想到說了她們也聽不懂，於是變成反而有意在她們面前說，想增加這種場面的某種效果。他說：「在我們辦事前一個小時，將這種玩意兒往龜頭噴一下子，只能一下子。嗨！其妙無比，其樂也無窮啊！」他奸猾地望著小姐笑：「知道？」

小文伸手想拿過來看，我把它接了過來，我向她們說：「這是腰痠背痛的外用藥，你們快把桌子整理好。」小姐有點失望地走開。

「黃君，你可以試試看。」馬場說。

「我不想試。」我把藥還給落合，心裡有一股莫名的憤怒。

「黃君還年紀輕，不像我們，他可以不必用。」

到此，酒席散了，大家回到自己的套房，大概他們正做著所謂的準備工作。我回到我的房間，躺在床上，想我目前的立場。想來想去，還是在那兒繞圈子繞個沒能完。後來我想到阿珍那個有印記的小姐，我深信今晚叫她，她一定溫順，會對我特別好。想到此，心癢起來了。但是又想到跟日本人一起幹這種事，想了就生氣。不叫她呢？看她那既自卑又單純的人，她一定以為我晚上要她了。如果沒叫她，她一定會傷心吧。反而沒賺到錢也不會這樣難過。我想著想著：「他媽的！晚上再說！」

正躺在床上苦惱著的時候，馬場敲了門就進來了。

「黃君，對不起，打擾了你。」不管怎樣他們總是很客氣而有禮。但是我覺得討厭。如果客氣和有禮，到後來變習慣而不經心的話，那是多麼表面啊！他的臉上笑瞇瞇地說：「我們可以叫小姐了吧！」

「你們現在就……」我坐起身來。

馬場點點頭望著我。我看著錶。我說：

「才六點多一點哪！」

大概是由於我的大驚小怪，使他顯得有點不好意思，他還是笑著說：「是太早了一點，是因為準備好了。」

「你是說你們噴了印度神油了？」我笑著問，但是心裡很不高興。

他點了點頭說：「還有別的。因為那都是有時間性的藥物……」剛才的笑容，一時變得慘淡。

「那對你們的身體沒關係嗎？」我虛情假意，表示對他的關切。

「當然，用多了是不好的。但是你想想看，我們都是五十多歲的老人了，說想千人斬談何容易。」話才說完，臉上一絲淡抹的笑容也收了尾。

我站起來，拍了一下他的肩膀說：

「好，我去。」

「我回到我的房間去。」他又開始像原先那樣的笑容。但是我知道，他們這些笑容，就像都是靠印度神油和其他藥物支撐起來的。

我心裡很不情願地走出房門。如果我的後面真的有一個人，強迫我推我的話，我才不管推我的手臂是多麼粗壯，我一定會回過頭反抗一下，即使被打死也在所不惜。可是我回過頭來，真的就那麼恍惚間，回過頭來，什麼都沒看見。無意間受到長長冷靜如死的走廊嚇了一跳，在這瞬間，有如從遙遠而陌生的地方，驟然回到現實。我是這般地不情願，然而卻無可奈何地走下樓梯，就在梯口的櫃臺地方，我遇見剛才的服務生阿秀。

「黃様，」她用日語的稱呼叫我。「有什麼事嗎？」

我之所以支吾了一下說不出話來的原因是，我突然意識到，我不能避免直接了當地說要小姐現在馬上去跟日本人睡覺。剛才雖然替他們跟小姐談夜渡資的價錢，但是因為我替她們爭到一倍的價錢，也不覺得自己是在幹什麼！反而有一點民族意識的覺醒，像是為同胞效勞的錯覺。不管這種行為與感覺的發生是否正確，當時卻有一股擊敗敵人的興奮。現在不是。現在面對阿秀，一下子叫自己切身而清楚地知道，即將開口的話，就是道道地地拉皮條。我表示氣憤地說：

「他媽的！那幾個日本人，說現在就要小姐到他們的房間去。」

「噢！現在？現在不行。現在才幾點鐘？」她抬頭看看牆上的掛鐘，看看櫃臺的小姐，「現在才六點鐘怎麼可以？人家小姐又不能只做他們的生意！」

「就是說嘛，他媽的！但是……」我沒說完。

阿秀又說：「我們也不想占便宜，照一般的規矩，普通停泊都是從晚上十二點才開始。」

「沒有的事，沒有這麼早就要小姐跟他停泊。」櫃臺小姐也說話了。

「對！我知道了。」我說。

「這樣子好了，我們叫小姐提早半個小時去，就是十一點半去，好不好？」

「當然可以。但是，」我停了一下：「麻煩你現在跟我到樓上去一趟，由你當面告訴他們好了。你就照規矩跟他們說。」

「你要替我翻啊。」

阿秀跟我上樓，一邊走一邊告訴我說：

「我們的小姐說你做人很好。」停了一下：「你是不是我們礁溪人？」

我嚇了一跳：「誰說的？」

「你家就在廟旁。你是炎龍伯的大兒子，還說不是！」她笑起來了。

「你怎麼知道？」

「我們店裡面，老一點的人都認識你哪。」

「糟糕！」

「這有什麼關係。」她很輕鬆地又問：「你沒教書以後就到臺北嗎？現在做什麼大生意？很發展吧？」

「沒有。我在一家公司工作。」

「好幾年了，玉梅還常常提起你，說你是最好的一位老師。」

我停了下來，驚慌地問：「玉梅是誰？」

「玉梅是我的大女兒，她五六年級的時候都是你教的啊。」

我想起來了，心裡的某方面也輕鬆了一點：「呀！陳玉梅就是你的大女兒啊！現在呢？」

「現在在讀蘭陽女中高一。現在和以前完全不一樣了，長得好高，比我還高哪。」

「陳太太！有件事拜託你，請你不要告訴陳玉梅我來這裡。」我羞怯地說。

陳太太覺得很好笑。「不會啦。那有什麼關係！」

「不，不，你隨便說在哪裡遇到我好了。」

「不會啦，我不會說啦，嘻嘻嘻……」

我們在樓上的樓梯口多談了些之後，心裡仍然有些沉重。不過比起被陳玉梅的媽媽認出我的時候，輕鬆了好多就是。

我帶陳太太找馬場，把她們的意思告訴他。

「是這樣子啊！真討厭的事。」馬場說。

「很對不住，因為這裡的規矩就是這樣。」陳太太頻頻點頭表示致歉。

「能不能這樣，我們加一點錢，要她們現在就來？」

「當然，這樣是可以的，但是再加錢你們划不來嘛！」

我問她如果現在要小姐來，每個人需要加多少？

「至少也要兩百。」

「說五百好了。反正日本人有錢，差不了幾百塊。」

我告訴馬場之後，馬場說：

「既然是這樣，有什麼辦法。我來問問他們好了。」

馬場一個一個去敲門，把他們叫出走廊，大家都在那兒聚會起來。最後終於決定，馬場代表他們說：「只好這樣了，黃君，叫她們馬上就來。」事情牽涉到利害關係的時候，一向給我印象認為待人客氣的馬場，現在也變得只不過如此罷了。

沒一下子，除了竹內要的秀秀以外，他們要的小姐都到了他們的房間去了。我和陳太太帶著滿臉不高興的竹內，到樓下後面的小姐休息室，去挑選一個他喜歡的。弄了半天，勉為其難地挑了一個叫玫君。從剛才聽陳太太說旅社裡大半的人都認識我以後，我的行動好像一下子被限得很緊，另方面還動不動就擔心，剛才是不是在老鄉的面前，有什麼言行越軌的事？他媽的，碰到這個竹內，挑小姐把人當著什麼東西似的，又弄了一大段時間，照理說，我應該出面替小姐她們做點什麼的，但看到竹內滿臉懊惱，我只好僵在一邊，窘得都快窘死了。

竹內帶走玫君之後，陳太太尾隨在我身後說：

「黃樣，你呢？」

其實她完全是好意地對我笑，即使我在這裡要個小姐陪陪，在這裡環境工作的她，也不會認為有什麼不該。但是我卻覺得她的笑，使我難以忍受。我知道她的意思。

「不！我不想要。」

「不必太老實啦，吃虧的啊十個九個是老實人。」

嗨！我心裡暗地裡笑。我是老實人，天曉得。我還是說：「不必了，這和老實不老實沒關係。」

她笑了笑，也沒接下去說什麼，仍舊尾隨我上樓。我自然地覺得有點怪。我是希望她說下去，然後趁機會，跟她請教怎麼處理有印記的阿珍小姐。

「陳太太，」我停在樓梯拐角的地方，「阿珍一定以為我晚上要她，其實我……」

「沒關係啦，我替你找一個好的給你。」

她顯然誤會了我的意思。對，我不是聖人。但是我完全被自相矛盾的複雜心理，搞得拿不定主意。

「不。我想給她五百，叫她今晚不必到我房間來。」

「那不必要，我告訴她就好了。」

「我，我是事先跟她約好的。」我只好這麼說。如果我說怕傷阿珍的自尊心，引她自卑這類話的話，陳太太可能會笑我。我這樣想，同時我心裡面，也很怕見到阿珍。我掏出五百元交給她。

「這樣也不必給那麼多嘛，一百塊就不少了。」她留了一張退四張給我。

我拿回三張退一張給她說：「這樣好了，給她兩百吧。」

「哇哈！夏荷全賺的。」她笑著接下錢。

我回到自己的房間，躺在床上，眼巴巴地望著天花板，面對滯留在房間裡面的時間，不知做什麼好，還這麼早怎麼能睡得著？

好久沒回家了。該回去看看。

但是父親問我幾時回來？回家做什麼事？我如果照實說我帶幾個日本人到礁溪玩的話；嗨！不用試，我只有自討沒趣。當時我不繼承他的代書業，辭了教員的工作，已經鬧得不可收拾了。要是讓他知道我到臺北工作，原來是幹帶日本人到溫泉玩的事，怎麼對他說也說不清，跳到黃河也洗不淨。不要再想下去。不回去就是啦！

不回家！可以到別地方走動。

還不是一樣？遇到朋友，一樣會問我回來做什麼？並且很可能會讓老夫子知道，這樣反而更糟。回到礁溪不回家，他會像前年那麼大叫著說：「夏禹治水，才三過家門不入。你！你算什麼東西！」但是這次再讓他這樣叫的話，恐怕會氣死。不能。就躺著吧。

翻個身轉個角度，我看到掛在壁上的一張洋妞的裸體照；她跨坐一張翻過來的椅子，雙手放在椅背下，下巴就托在那裡，像在等的作態。看了它，整個思路的方向馬上被扭轉到這方面來。我想那幾個日本人，他媽的，正是天昏地暗的時候。那印度神油的效果到底是怎麼樣呢？剛才要不是認識玉梅的媽媽，說不定阿珍已經是在身邊吧。男人經常說，醜女九風騷，像她有那麼大的自卑，我又表示對她好，我深信她一定會對我很好的。他媽的，現在她不知道在做什麼？但是，不管慾念怎麼沖昏了頭，還是有清醒的部分。這份清醒，使我不敢面對自己。越不敢面對自己，又逃脫不掉，所以內心裡面的焦灼，痛苦得叫我猛跳起來。我點了一支菸，在房子裡面踱步。突然發現電話，伸手就把電話拿起來。當櫃臺的小姐回話說：

「櫃臺。請指教。」

「對不起，不用了。」我把話機放下。但是我馬上覺得，這樣子未免太不正常了，讓櫃臺小姐跟別人談起來的話，尤其跟玉梅的媽媽談起來，不單會引起許多想像的情況，甚至於連我在房子裡面的心中事，都會被洞察出來。唉！這又是一窘。我想或許離開這所小房間會好一點。

到樓下，跟櫃臺小姐道個歉，我就在餐廳，找個小檯子，叫了一點東西和啤酒，自個兒想著，想怎麼回去跟太太撒個謊，以免發生瓜田李下之嫌。就這樣，有些是自己想像的，和不是自己想像的，都一併在這一段時間裡交替發生。於是乎，我像一位孤獨的長跑者，一路受身體和精神的折磨，慢慢地，終於跑到泥醉與空白的終點。

日本最長的一日

第二天早上，我睜開眼睛時，看到阿秀和馬場他們都圍在我的床邊，並且在模模糊糊中，被他們焦慮的臉色和聲音：「黃君，沒有怎麼樣吧！」嚇醒過來。我一骨碌坐了起來：

「發生什麼事了？」我問。

「嚇了我們一跳。我們以為你病了。」

「沒有。我很好呀！」說著，我就坐著打了幾下空拳，「哪！沒事吧。」

他們都笑了。接著我聽陳太太說，我才知道，他們來敲了幾次門我都沒醒來，甚至用電話鈴也沒叫醒我，最後才請她帶萬能鎖來開。

「時間不早了！你不是說九點多的火車嗎？」馬場問。

「陳太太，車票給我們買了嗎？」我問。

「買了，九點三十一分的車，票等一下給你。」

「九時三十一分的。」我看了一下錶：「沒有問題。還有一個小時的時間，火車站就在我們後面，離這裡很近。」然後我改用本地話跟陳太太說：「請你給我們結帳，小姐的錢他們各別給了嗎？」

「給了。」

另外我拿了兩百元，給了她做小費。

「呀！向黃老師拿小費，真不好意思。謝謝啦。」說了她就走出去。

「黃君，昨晚痛快吧。」

「嗯！很痛快！」因為這種事，說沒幹，不會令人相信。如果讓他們相信，反而曾被譏笑，甚至於覺得沒有面子。所以這麼肯定地回答。

「怪不得，你累得爬不起來。那一定很痛快，徹底的痛快啦！」馬場以羨慕的眼光看著我。

我笑了笑。得意的是這些笨蛋這麼容易騙。

「你們呢？」我問。

「不錯！」

「我才不痛快哪！」

一個真的很不愉快的聲音，從背後的窗戶那邊傳來。這句話令他們發出譁然大笑，我卻受到驚嚇。原來是竹內。他一個人面向窗外，連頭都不回。

「怎麼一回事？竹內君。」我問。

「說了沒關係？」馬場問。

竹內回頭露出苦笑。馬場就笑著說：「我們千人斬俱樂部成立幾年來，發現了一件事實，但是在一般人，或是你聽來，總覺得是迷信。那就是，每次我們裡面的人，碰到白皮、白板，」停下來笑笑，「就是碰到陰部沒有毛的女人，都會倒楣。」

「有這樣的事？」

「去年我在香港碰到一個，結果我丟了一千元美金。落合碰到了一個，接著工廠著火。佐佐木是車禍，住院住了兩個月。還有……」

「不要說了！」竹內說。

「不要說了。這都是巧合。你們不該有這樣的迷信，對不對？」我說。

我在說話的時候，我就看到落合在翻他的小包包。他很愉快地拿出一本紅色天鵝絨布面的小備忘冊子，然後走到我面前，在我眼前將小冊子翻了一下說：

「喏！你看這個。」

我接過來一看，在我了解到內容的瞬間，心裡有點驚嘆。隨後我心裡就暗地咒詛起來，原來這本小冊子是他們拿來做千人斬的備忘紀錄；每一頁上面都寫明了地點日期，小姐的名字、體型，做愛的感覺和情況，還有評語。底下半頁空白是留下來用透明膠紙，貼牢一根小姐的陰毛。

「知道了吧。」落合笑著說：「竹內君今天這一頁的紀錄就……」

「好了，好了，你得意。」竹內叫著。

想不出這有什麼值得這般生氣。可能和他們千人斬俱樂部有什麼關係。

後來我才知道他們每個人都有這樣的小冊子，並且都要做一些經驗交談，或是有了什麼發現，大家再做實驗。

他們上了火車，就開始不拘形式地，交談昨晚的經驗。

「喂！」我打了他們的岔，「你們要知道，在臺灣日語說得比我好的人，到處都是，說不定就在我們身邊哪。」

「我們並不談政治啊！」馬場說。

「我知道你們不談政治，但是我們中國人不習慣在公共場合大談性經，也以在公共場合聽到這類話為羞恥。」我知道我的話有點火藥味。管他媽的，火藥味就火藥味吧，再悶下去也不是滋味。我還是對他們笑笑。

他們愣了一下。馬場笑著說：

「黃君，你沒有生氣吧？」

我只好笑著說：「什麼話！如果我生氣，我就不說了。說不定有人聽不慣，會揍你們。」

他們心裡多少有點害怕的樣子，每一個人都看看周圍的人，然後集中望我。佐佐木小聲地說：

「會這樣的啊！」

「在我們日本都不必顧忌這個。」落合說。

「但是，日本是日本，這裡不是日本啊！」我說。

「那當然。」馬場說：「不過我不同意落合君的話，我們也……」馬場很顯然是為了國家的體面這麼說，但是馬上又意識到這麼說還是有毛病，而有點停頓。落合接著不高興地說：「馬場君，你又何必呢？」

我針對馬場的話，採取攻擊。我沒忘掉臉上的笑容：

「馬場君，不管怎麼，如果你在日本覺得不好意思，或是因為有損什麼而不敢做的事，也不應在別的地方做啊！至少這件事是這樣。對不對？」

「不！不，黃君，我沒說清楚，我的意思是……」

「喂！可以了，可以了。馬場君，我們只代表我們自己好不好，誰叫你代表日本來著。」田中望著我：「黃君，請你不要認真吧。嘿嘿……。」

我也笑起來了。「田中君！誰在認真呢？但是你這麼說，好像不能不認真啦。再說，你既然是日本人，某種場合，或是某些情形，你是不能不代表日本。不過，我還是贊成你的話。能自己代表自己就好了。」

「看！我開始就說，黃君是我們所遇見的本省人當中，最厲害的一個對不對？」馬場說。

「算了，算了，我們輕鬆一點好不好？」我說。

「現在輕鬆不起來了。黃君，你真是。整個場面弄得緊張也是你，要我們輕鬆也是你。」

「不是這樣吧。好吧，你們愛怎麼就怎麼啦。」我又補充了一句：「你不必考慮我，萬一有什麼事，我還不是站在各位這邊。」

「那我們就安心囉！」馬場說。

但是，經過我這麼警告之後，他們似乎變得沒什麼話說，每一個人木訥地坐在那兒，我猜不透他們在想什麼。當火車到頂雙溪，落合才問我說：「還多久到臺北？」

「一個小時。」

「還那麼遠嗎？」

「嗯！」

有一個年輕人，大概從頭城上來的，他一直站在我們的旁邊。我也注意到，一開始他就很注意我們在講話。我之所以會警告他們不要在車裡大談性經，一方面是覺得他們太囂張，一方面我也是發覺這個身邊的年輕人，一直在注意他們的談話。當我看他的時候，我們的目光有了接觸，他馬上笑著臉跟我點頭，我也回給他點頭。

「先生，請問一下，你是中國人嗎？」

「是，我是中國人。」

「看你這麼年輕就說一口流利的日本話，真不敢相信。」

「哪裡。只是胡扯而已。」

「我姓陳，是臺大中文系四年級學生。畢業後我父親準備替我想辦法，把我弄到日本去研究。所以我煩你替我向他們這幾個日本人，請教幾個問題好嗎？」

我還在考慮這樣是否會冒失一點的時候，他馬上又問：「他們在日本是做什麼的？」

他媽的，這個年輕人，如果我照他的意思去請教他們，說不定他們會笑我們的年輕人，這麼冒昧。再說讀中國文學的人，還想離開中國，跑到異邦的地方去研究，這不是本末顛倒嗎？然後靈機一動，我為何不借這個機會刺刺日本人，同時也訓訓我們的小老弟。我心裡突然覺得很好笑，差一點笑了出來。不管是怎麼嚴肅，這到底是一件惡作劇。

我告訴這位年輕人說，他們是日本的大學教授考察團。

「噢！那正好！」年輕人很高興。「那就請你幫個忙吧。」

他們幾個雖然聽不懂我們的話，但是很注意我們的表情，尤其是年輕人在說話的時候，更是聚精會神地望著。

我轉向他們的時候，年輕人向他們點了點頭，他們也很客氣而小心地回禮。我說：

「他是這裡大學四年級的學生，是學歷史的。因為他正在寫有關八年抗戰的論文，所以很想跟日本人談談。」

他們都愣了一下。他們私下說：「我們都是生意人。這個我們不懂啊。」

「沒有關係。還不知道他要問什麼嘛。」我轉向學生說：「他們很歡迎，只是怕他們的回答不能令你滿意。並且你還沒問他們，他們已經有問題想先問你了。他們問你，為什麼中國人研究中國文學，竟然想到日本去學呢？」

「據說日本有很多中國的原版書。」他很理直氣壯地說。

我當時聽了這句話，心裡很不舒服，想馬上回他幾句。還好我忍了一下，假裝替他回答日本人。

「請問，你們是不是大正六年左右出生的？就是一九一六年的時候。」我問日本人。

他們嚇了一跳的樣子，互相望了望。以為年輕人怎麼猜得這麼準，並且像是要調查什麼的。其實我為他們辦住宿登記的時候，都已經知道了。

「做什麼啊？問這個。」馬場有點不高興的表情：「黃君，這和他寫論文不會有什麼關係嘛。並且這是屬於我們私人的祕密啊。」

乘學生看到馬場不悅的表情，我馬上告訴年輕人說：「馬場教授對你的回答，表示十分失望，並且有點生氣。他說要研究學問，原版本和什麼版本無關才對，比如說拿《史記》的原版本和其他版本來研究《史記》，是不是研究原版本的就會深入？」

「但是研究時候的情緒和感覺就會不同。還有……」他想再說下去。

「你等一等，你說太多我就翻譯不來。我先翻你前面這一句吧。」我轉向日本人：「他說他也覺得很抱歉。提出這樣的問題，只是想了解一下時代背景而已。如果你們不想回答，他也不會怪。」我回到我自己本位對日本人說：「到底是不是？告訴他有什麼關係。」

「原來是這樣。是的，我們七個都是大正七年生的。我們是同鄉，是國民學校和中學的同學。」馬場說著，其他的人眼睛瞪得大大地望著我跟學生說。

「很多人研究中國文學，以為是在研究中國的文字，其實值得研究的是中國的社會，和中國各大思想家的思想。他說你想到日本去研究中國文學，只是託詞吧？」

年輕人不好意思地笑著說：「不，不是託詞，真的想到日本讀書，不過這位教授的話，很值得讓我參考，請問一下，這位日本人是不是漢學教授？」

「不是。他是日本文學教授，不過研究日本文學的人，對漢學都有相當的根柢。」我心裡有點慌，我希望我不要忘記再問日本人什麼，到時候弄得牛頭不對馬嘴就糟糕。

「我爸爸一直告訴我日本不錯，所以我也很想到日本。」

馬場他們好像等著這邊的話，他們望著我。我轉向他們說：「他說你們的年齡，正好被徵召入伍，參加侵華戰爭是不是？」我看到落合蒼白的臉，一下子變得拘謹的馬場，我笑著說：「這個傢伙可真傷感情。不過也沒什麼吧。落合君，你好像對這件事較為敏感，怎麼了？」

「沒怎麼啊。」停了一下，好像勾起他想到什麼似的：「那時候，除了殘廢，所有的年輕人都被徵召入伍，當然我們也不能例外。」

「一場戰爭，並不是一個普通的老百姓可以引起的。不管你們把那場戰爭叫做侵華戰爭也罷，那是當時日本帝國政府發動的，我，我們只有聽任擺布的份。」馬場看一看自己人：「對不對？」

「現在聽起來，你們好像對這場戰爭從骨子裡就反對。但是，那是現在。以前呢？你們不是高唱著代天行道打倒不義，邊唱邊踏上中國大陸的嗎？還說是一場聖戰。」我必要地笑著說：「要是我和你們一樣，我也是一樣。」

他們突然感到鬆懈了一下，大家也都笑了起來。「那麼你們都到過中國大陸了？當兵的時候。」

「除了竹內君，我們都到過。」

「我突然也對這個問題發生興趣。其實是這位學生的問題哪。」我笑著說。然後看著學生告訴他說：「他們幾個教授說，希望你能原諒他們說話不客氣的地方，因為他們對你的想法有所批評。」

「不會的。我應該謝謝他們才對。」學生回答。

「他說你爸爸認為日本好，那還有一點情有可原的地方，因為他們的年齡，正好受到當時日本的愚民教育。但是看你的年齡不該有這種想法才對。」

「是我爸爸這麼說的……」

「你等我說完嘛。馬場教授還說，假定日本是好的，美國是好的，或是哪一個地方是好的，那麼你就想到好的地方享受，甚至於去逃避現實；試問你：假定日本是好的，那麼你過去曾經替日本付出了什麼？沒有的話，就不用想去坐享其成。」我笑了笑：「不過教授說，說是這麼說，如果你真想到日本去的話，他表示很歡迎。」

「我不是去享受啊！我是去讀書啊！」

「讀書當然可以，這是你個人的問題。教授的話也不是針對你怎麼做批評。他大概對時下的年輕人，對現實不滿，一味想往想像中較好的國家跑。他是說這種人。你是不是這種人，只有你才知道。」

「他說得很對，我很欽佩他。他們來考察多少天呢？要是他們能到我們學校演講就好了。」

他媽的，我們的年輕學生竟是這樣。這些話只是普普通通見識罷了。換了他是外國人講的就受到敬佩。嗯！遠來的和尚會念經。我想著。不過我心裡暗地裡覺得好笑，但又覺得緊張。本想做點惡作劇，哪想到我竟採取兩邊攻打。我知道我懂得並不多，如果再說下去，可能會發生紕漏。心裡是想該煞車了。怎麼煞呢？沒有辦法，只有等年輕人在中途下車了。

不過說也奇怪，我沒想到我有一點歷史知識，跟日本人算起帳來，居然叫高傲優越的這幾個，只有頻頻點頭認帳的份。

「剛才這位學生已經表明了。我想是可以相信的。」

「我是希望不以我們幾個人的看法，就在他的論文裡，對日本下評語。」

我聽了佐佐木的話，心裡很高興，我眼看著，他們昨夜買來的歡樂，恐怕剩下無幾了。我還不想罷休，我想讓他們這種歡樂變成他們的痛苦，即使是暫時性的也好。我說：「我想不會的，以一概全是做學問的禁忌。我相信這位大學生懂這個。」

「我也這樣想。」佐佐木接著說：「戰後不久，日本有了電視，從那時開始的吧，我們看到過去，我們參與的戰爭的紀錄片……」

「有沒有打中國的部分？」

「有！不但有，很多很多。」他向朋友看一看：「對不對？我們從那裡才清楚地看到，我們到底幹了什麼事。」

我裝糊塗，我說：「怎麼看了紀錄片就會看清楚你們幹了什麼事呢？」

「噢！」落合除了蒼白，還顯得不舒服的樣子，至於其他人，雖然分散目光各看各的，但是他們的注意焦點，還是沒離我們的談話。佐佐木似乎很痛苦地叫了一聲：「我們看到南京大屠殺的場面，看到黃浦江的浮屍，看到大轟炸，看到……」

「佐佐木君！可以了，」馬場搖著頭，「可以了，可以了。」

我想也可以了。他們是當事人，如果真的看到那些殘害中國的鐵證的紀錄片，不用我再深究，只要我這麼一提醒，凡是有點人性，有點良心的人，就夠他們受的了。現在看到他們內心疚痛的表情，也正是這種作用的發作。但是對他們這種痛苦的表情，我將編什麼話來套呢？在旁的小老弟，似乎急著想知道。

就這樣子，我作弄著兩邊，也過了一段時間。

「小老弟，請你不要生氣。」

「我不會。」

「他們剛才問你，你說沒到過故宮博物院，他們覺得很震驚，也因而對你又一次感到失望。你說你是中國的大學生，學的又是中國文學，人又住在臺北，為什麼不抽一點時間，去看看呢？」我看到陳姓的年輕人，還滿吃這一套，稍作低頭表示慚愧。「他說他們這次來臺灣沒有幾天時間，但是他們已經到故宮去了兩趟。他說，他一直很沉痛地在想，為什麼能產生故宮裡面那樣的文物的優秀民族，近世紀來竟枯萎得這麼厲害？」

「黃先生，我覺得太慚愧了。」

「不過，你也太老實了。遇到像這麼關心中國的外國人，你應該騙他說你到過故宮。如果你這麼說了，覺得不好意思的話，以後再跑去故宮看看不就得了。沒關係，今天這樣還不算很丟臉，至少還誠實。有關日本，你不是想問他們嗎？一開始就被他們問得你都沒機會問他們。」

「本來有些問題的，現在聽了這些話，反而那些問題都變得不重要了。我覺得我今天很幸運，收穫太大了。」

「其實，像他們今天對你說的話，在我們這裡也是常聽到。怪就怪在這裡，一樣的話，自己人說了等於放屁，外國人說了就一言九鼎。你說是不是？」

「不過我是沒聽說過。真的。」

「是，我知道。我是說很多這樣的情形。」

我看看這幾個日本人，差不多都像坐在那兒等法官宣判似的。當我又轉向他們的時候，他們都略微改了一下姿勢，注意我說話。

「請各位原諒這位冒失的年輕人……」我還沒說完。

「哪裡的話，我們欽佩都來不及。」

「這種年齡比較浪漫，愛起國來也比較強烈。我已經叫他不要再追問什麼，事情都成為歷史了。今天你們純粹是來玩的，所以多談了這類往事，只令你們掃興。」我停了一下。「但是年輕人說，你們日本人放棄槍桿，卻改用殺人不見血的經濟侵略。我說，話可不能這麼說，他說是經濟侵略，在某方面來說……」

「黃君，可以了，可以了。」馬場又搖著頭說。

佐佐木沉痛地說：「黃君，對不起。」

「哪裡的話。」我笑著說。

「我們都覺得很對不起。請你告訴這位年輕人，我們很欽佩他。如果戰後的日本青年，有一半像他的話，我想日本就會有希望了。」

佐佐木一開始我就覺得他比較感傷。這次使他們掉進過去的回憶而痛苦的情形，也是他開始渲染給他們的。

火車在八堵停下來。年輕人打斷我們的話說：

「黃先生，我要在八堵下車，謝謝你，謝謝他們。」他很恭敬地向我向他們敬禮。害得這些日本人似乎受寵若驚，趕忙站起來回禮。

「他在這裡下車了。」我說。

「莎喲娜啦！」沒想到小老弟還會這麼一句日本話。這是他們這一次唯一不透過我，而真正交通的話。

「再見！」我也沒想到這些日本人也會這麼一句中國話。

他們很莊重地一一握手道別。

「莎喲娜啦。」

「再見。」

年輕人走了。他們坐了下來。

佐佐木感嘆著說：「有為的中國青年啊！」

我笑著說：「我也是吧！」

這時候他們才有一點笑容。「當然！你是的。」

哇！天曉得。我心裡覺得很好笑。

「告訴你沒有錯吧，在我們這裡的公共場合講話要小心。剛才那位年輕人要是聽懂日語，事情就不是這樣了。」

「黃君，不要提了。」馬場說。

他們懶懶地躺在靠背上。落合問我：「黃君，還有多久到？」

「三十分鐘。」

「還有三十分鐘——？」落合這一叫，那種聲調，好像這半個小時是一段長得不容易挨過的時間。

刊於一九七三年八月《文學季刊》第一期

鑼

楔子

憨欽仔不打鑼已經有很久了。大概有八九個月，或許一年都有吧。他已記不清了。總而言之，有好久好久就是了。憨欽仔偶爾想起來，滿肚子裡就充氣，好好的一門抓行獨市的打鑼的差事，竟沒有人再來找他。當時，發現這件事實的時候，事情已經落到無法挽回的地步。那一面一直使憨欽仔過著半生無憂無慮的生活的銅鑼，卻傻愣愣地像被什麼大大地驚嚇了一番，而像啞巴張著大嘴合不攏來。從此，他把鑼翻過來放在竹眠床底下，做雜皿子來用。

小鎮並不是從此就沒有小孩迷失，許多間廟照樣地在不同的時日要善男信女謝平安，公所仍舊有各種稅收需要催繳，或者像打預防針種痘之類的事情。現在都改用一部裝有擴大機的三輪車，由一個年輕人踏著沿街叫嚷。這叫憨欽仔看在眼裡，倒不是完全由仇視而覺得礙眼，另外他直覺得有什麼說不出的難受勁，在他的心頭絞動。他想，這種不倫不類的東西擺在小鎮的任何角落，總覺得不大對勁。它的出現，未免有失小鎮的體統，實在是怪誕透頂了！

在憨欽仔用得著鑼的時日，三日一小事，五日一大事。所以他在鎮上的羅漢腳輩裡面，算是老米酒喝得最勻的一個了。有時手頭上稍微寬一點，興致一到黃酒也幹過。再說到憨欽仔的名字，小鎮上的貴人就沒有一個比他響亮。一提到「憨欽仔」三個字，不管識不識字，男女老幼沒有一個不識他。但是提起鎮長福通哥，再說得清楚些，老醫生的孫子，老醫生的孫子好像老醫生的孫子，亦未必每一個人都知道。那一陣子，憨欽仔真是名利雙收的了。

但是自從那輛裝擴大機的三輪車，出來包攬了整個鎮上的宣傳生意以後，蹲在南門棺材店對面的茄冬樹下的羅漢腳，又多了憨欽仔一個。憨欽仔為了想在茄冬樹下擠一席位子，曾經花費了一番心機，整盤的棋，每一步都是經過再三考慮後才落子的。不然的話，利已經不存而名也要蕩盡。他想他不但要贏，還要顧全自己的面子。雖然知道死賴活賴地賴在那兒，賴久了仍然可以賴到一席茄冬樹影子。但是我憨欽仔才不這樣傻！我還要和人在社會立足哪！他知道一個人能和人出入社會是重要的。所以每次當他感到擁有一點社會的什麼東西在他的身上時，不管他是多頹喪，總是令他的精神振奮一時。

活見鬼

那時，憨欽仔不打鑼有好些時日。經濟一旦沒有來源，就算他一個人，最起碼的生活也發生困難。酒可以不喝，飯總不能不吃啊！小鎮的大街小巷，總共也不過十來條路，現在叫憨欽仔走起來，真正不掛心的實在沒有幾條。因為其他那些路上的雜貨店，憨欽仔都多多少少賒欠了人家的菸酒錢。這樣的日子，憨欽仔就像被夾在深而且長的夾縫中，絲毫動彈不得。他想了好些天，再怎麼想也想不出比擠到棺材店對面的茄冬樹影底下更實際的了。老是大清早就跑到阿里史的溪埔地去偷挖番薯，吃都吃膩，最近也因而胃動不動就噎酸出來，喉嚨都給酸燒得沙啞。他想唯一的活命，就是到棺材店對面的茄冬樹下了。自己的決定成為一道威嚴的命令，憨欽仔從竹床坐了起來。從防空洞入口側射進來的陽光，頓時顯得光亮而帶著生機的希望。他凝望的片刻間，感到自己就要羽化，從那陽光中飛走似的。

走出小公園之前，他在噴水池那裡洗了臉，然後將他已經想妥了的路線，重新再做了一次安全的檢查。從公園出去，穿過姓藍的菜園，那是一條很窄的暗路，這沒問題。到了大同醫院繞過市場，但是要走新興戲院後面的巷了。絕不能走打鐵店這邊。這裡石頭仔他們很可能出入，他們的店就在打鐵店後頭。這一段路憨欽仔做了一次修正，這沒問題就該到北門。到車站。順著圳溝走。不過穿過育英國民學校的運動場更加安全。到車站跨過軌道，走阿東社路，這已經是郊外了。在這樣的地方要是再遇到他們，那是我憨欽仔該死。然後回頭順路走到十六分的佛祖廟，再跨過軌道回到西邊，到苦楝樹下米間折回來向南走。想到這裡，他咋了咋舌。哇！這樣的路打直走不就到了番邦了嗎？他笑了笑。到南門繞這麼大圈子，簡直就是脫褲子放屁嘛！他猛力地抓著頭皮，把嘴巴橫地牽著那麼歪斜。突然他覺得自己聰明起來了。他心裡想：狡猾？狡猾就是聰明，聰明不就是狡猾？他愉快地擁抱著對自己的那一份尊敬，清脆地吐了一口痰，抬起頭瞇著眼找日頭的位置。太陽有些偏斜了，同時覺得肚子極餓。他想這該是過中午的時分了吧？大概有兩點多了。

小公園的北邊有一個缺口，大部分人都叫它狗洞，但是愛打這兒經過的人都管它叫偏門，公園原來就有三處正式的出入口，而這個叫狗洞又叫偏門的缺口，是紅瓦厝那裡做豆腐賣的人家，為了抄近路到菜市場踏開的。除了大清早這些人走過之外，平時很少人打那地方走過。因為那裡要經過姓藍的菜園，穿過很窄的籬笆巷子，中途有兩口很大的糞坑，而在蔭蓋著糞坑的大榕樹，姓藍的人家有一個女人曾經吊死在那裡，鎮上的人一直都深信那個女鬼經常顯露。憨欽仔一來到這缺口的地方，心裡十分納悶。不知怎麼地，在憨欽仔的腦子裡浮起小鎮上從古昔就流傳下來的一句諺語：「餓鬼是鬼王，飽鬼驚風動」。他竟然變得勇敢起來了。他把這句諺語當著咒語，一邊走一邊反覆地唸著。當他走近糞坑的地方，他的眼睛馬上被糞坑那邊的幾棵木瓜樹吸引住了。其中的一棵木瓜樹，結著三四個碩大的木瓜，而從蒂頭的一端露著微黃。他想，這多可惜！他忘了唸咒。他的頭來回地探望四周。他站在糞坑的邊緣，豎起腳後跟，伸手估量著和木瓜的最近距離。要是沒有糞坑阻礙，只要隨便抽一根籬笆就可以打下木瓜來。無奈這口大糞坑，他的視線停在籬笆那裡，打一根已經掉落一端在地的橫桿的主意。他走過去解開鐵絲，心裡還想打完了木瓜，這橫桿還可讓他燒火哪。兩邊籬笆的水錦都有一個人高了，最低的一層還密密地長了美人蕉，這些生籬已經替代了原先的竹籬笆，所以竹籬笆的朽敗，都不見主人修補的痕跡。憨欽仔很快地把橫桿上最後的一圈鐵絲也給卸了。他高興地雙手握住橫桿，正想拿它來打木瓜的時候，忽然覺得好像有人走過來。他趕緊將橫桿丟進美人蕉叢，人跑到糞坑的邊緣，一下子把褲子拉下就蹲在那兒，等著那個人的動靜，但是等了些時再也沒發覺到什麼。他感到奇怪。明明聽到有人走過來的，怎麼不見了？不會是我先被他發覺，現在躲起來抓我吧？管他三七二十一，我再蹲一會兒再說。反正說是在這裡解便總不犯罪吧。他吃吃地笑起來了。這個木瓜再吃不到，就算五頓沒吃了，還有什麼可拉的？幹伊娘！他又笑起來了。這一次他想到前幾天到阿里史去偷挖番薯的事。當他在番薯田裡想下手的時候，被主人發覺了。那個人遠遠地嚷著跑過來，憨欽仔迅速地把褲子一拉，就從容不迫地蹲在那裡不動。等那個人趕到十來步的地方，他就先破口大罵地說：「怎麼？你想跑過來吃屎嗎？小偷怎麼可以亂賴？等我拉乾淨不押你吃屎才怪。小偷亂賴，好歹不識，你把這裝的看成什麼貨色？真失禮！」那個農家少年，站在那地方，歉意地還帶幾分懷疑說：「你怎麼跑到這地方來放屎？」「怎麼？送上來還不好嗎？你們天沒亮到街仔去拖都在拖咧！不是？」年輕人掉頭默默地走了。憨欽仔卻滿載而歸。想到此地，又專神地注意了一下，還是聽不到有人走近來的聲音。他想存心要抓他的人可能特別狡猾的。好吧，乾脆再蹲一會兒吧。他又笑起來了。他自己想著玩說，要吃鄉下佬還不簡單？阿里史人種番薯都是要送人吃的。你偷番薯被抓了，你就說我是街仔浮崙仔，咱們都是福祿的啦。那主人就會客氣地說：這些不好，家裡有好的。接著順便帶你去挑一擔不大緊，還請吃一頓飯哪！當然，你要是說是阿束社西皮的，當場就會被打死。嗯——！他長長地嘆了口氣，自言自語地說：才幾年的事，就換了一個時代！他感到不能再蹲下去了，一雙腿實在痠麻得很。他站起來探望了一下，就怕看不清楚園子裡到底有沒有人？撥開幾處水錦看看，還是不敢大意。這時他心生一計，不很大聲地喊了兩聲：「有人偷摘木瓜唷！有人偷摘木瓜唷！」他想如果有人來問，就說有兩三個小孩，現在已經跑掉了。他等了一些時候沒得到反應，而知道就近確實沒人。於是拿起美人蕉叢裡的橫桿，很快地打著木瓜。然而因肚子餓乏力的關係，始終抓不牢八九尺長的橫桿，一直顫動不停。愈想打到目標，愈不容易打著，他的心又急又煩躁。他想有些事情做了還得加上一句咒罵才行。幹伊娘咧！使勁一撥，真的打著了。但眼看就到手的大木瓜，撲刺地一聲悶響，掉落在乾了一層殼的糞坑裡，木瓜穩穩地往坑底，一點一點地下沉，憨欽仔像與情人惜別，癡癡地目送著將要沉沒的木瓜，嘸了幾口口水，慰藉此刻饑脹的絞痛。這個確實受憨欽仔痛惜的木瓜，當它沉沒到一半多一點的時候，那凸出與凹進的表皮，還有輪廓，隱約地極像一個人頭，有眼睛、有鼻子，還有嘴巴。憨欽仔心裡猛一跳，眨眨眼睛再看個清楚，木瓜重的一端突然沉下，輕的一端跟著豎起。這一下子，憨欽仔嚇得叫天叫地叫娘地爬出巷口。銜接這條暗巷的路上，一些無意間受到他叫嚷所驚擾的行人，罵他說：

「幹×娘，你見鬼！」

「是，是……我……我見，見鬼。」憨欽仔結結巴巴地說著。在收割早稻的六月大，他竟然渾身發抖不已。

憨欽仔本來就很迷信鬼神的，這次的經驗叫他的迷信更根深柢固了。他想，見鬼是很不吉利的事，尤其是在光天化日之下見鬼，更是不吉利的徵兆。到南門棺材店對面的茄冬樹下的計畫，暫時緩下。這幾天吃的問題，管不了胃怎麼不舒服，還是找阿里史人要一些番薯治餓再說。

幾將給小鎮的人淡忘了姓藍的女鬼，從憨欽仔見鬼這天開始，到夜晚又開始在特別怕鬼的人的腦海中縈繞。尤其是鎮上的許多小孩。

因為憨欽仔見了鬼，幾天來，有不少的閒人到公園來的時候，順便走到防空洞那裡，找憨欽仔問問鬼的情形。憨欽仔總是不厭其煩地比手劃腳，且把自己說成一個類似英雄的人物。當然，偷木瓜的事，他一介不提。還有一些小孩子，從早到晚就守在防空洞那裡，聽憨欽仔向來探問的人，述說見鬼的情形，可說是百聽不厭的了。有時這些小孩子也會問他許多有關鬼的問題。

「那女鬼的舌頭有沒有這麼長？」有一個小孩儘量把自己的舌頭伸出來問。

「那算什麼！」憨欽仔用手比到肚臍的地方：「到這裡，到肚臍這裡。」

「哇！」小孩子的臉都縮得剩那麼一點點，眼睛卻瞪得比原來更大。

「她的，她的……」有一個小孩想問另一個問題：「唷！我不敢說。」

「他說那個女鬼的眼睛怎麼樣？」在旁的一個幫他說了出來。

「眼睛！哇！眼睛睜得這麼大。」他用手指比個圈圈，像眼鏡那樣比著：「但是啊，看不到黑眼珠，全部都是白的，那上面有血紅的筋網。」

「她走路是不是不著地？」

「當然不著地囉！」

「指甲長不長？」

「這麼長。每一根指甲都有毒的，稍一碰到了，馬上就化成血水。」

「噯唷！你不怕？」

「我？我不十分怕。我要是怕，當時就被她抓去啦！」

圍著他的小孩都投給他敬仰的眼色，使他愈講愈起勁，到後來，他根本就不以為在撒謊。憨欽仔從而得到這些小孩子的敬仰以後，幾天來的柴火和水，都是他們替他找來的。因而他莫名其妙地感到飄飄然起來。

一枝草一點露

差不多有一個禮拜的光景，他的胃再也無法忍受一小塊番薯來填饑了，他望著床頭底下，一堆尚可吃上三四天的番薯，雙手插腰，上前幾步，用一隻腳碰碰番薯說：「原來是這樣子的啊！我還以為阿里史人慷慨，番薯隨我拿。」

他想見鬼的事，至少也有八九天了吧。有什麼不吉利，這段時間也該消災了。到南門棺材店對面的計畫，再也不能緩行。

一覺不很舒服的午睡醒來，傻傻地坐在床上，這裡抓抓，那裡抓抓，最後雙手抓著頭皮的時候，才真正地醒來。他想到還有一件最重要的事情沒辦。

他十二萬分小心地拐彎抹角，向南門走去。當他上阿東社路到佛祖廟的途中，有一家小雜貨店，外面還擺一壺路茶奉渴口。憨欽仔的腳步，一下子勤起來。其實他感到興趣的是，那屋簷下掛著的菸酒牌。他雖不識菸酒二字，但是雜貨店要是掛了燒漆的圓鐵皮，裡面一定有賣菸酒。他走上前，先倒了一碗路茶捧在手裡，一邊喝眼睛還一邊往裡面的東西瞟。他看到一個老人坐在櫃臺背後打盹。他上前想看個清楚。老人抬起頭來了。

「哇！老頭家，你們的茶真夠意思。」他又哈一口說：「一定是武荖坑茶！」

老人笑著說：

「哪裡有那麼好，自己的茶園採的啦。」

「咦？」他又呷一口：「你們的茶園在哪裡？」

「十三份山。」

「十三份山翻過去就是武荖坑嘛！我的嘴還算內行吧。」他又喝一口說：「不差不差！不會輸武荖坑的。」他一邊說一邊走進店裡，一屁股就坐在櫃臺前的板凳。

老人家聽到有人對他的路茶表示讚美，自然心裡也十分歡喜。

憨欽仔早就看到小櫥窗裡面的糕仔點心，肚子裡的饑腸轆轆作響。幾次想向老人賒帳，終究又縮回來。他想時機還沒成熟，所以他儘量想話題和老人閒聊。

「駛伊娘咧！」憨欽仔突然咒罵。在老人還來不及感到莫名其妙之前，又接著說：

「前些天見了鬼。真倒楣！」

「是啊！我聽人說了，說是在姓藍的菜園。」

「就是那鬼地方嘛！」

「那個地方一向就不是好東西。」

「我也知道。那天是因為有要緊事，想抄近路才走那裡呀。」

「聽說是白天是嗎？」

「就是白天嘛！才吃完中午飯不久啊！」

「唉！這個鬼真惡，竟然白天也敢出來。」

「就是這麼說嘛，誰料想得到？」憨欽仔把碗裡的茶喝光。「我再喝一碗。」說著就要踏出門外。

「會喝茶的還是喝這裡的，這裡有熱的。」老人從坐椅的旁邊，從茶箱子裡提出一壺熱噴噴的茶倒給他。

「哇！這最好啦，福氣，福氣，唷！好，好，滿了，滿了。」

「算不了什麼，要自己再倒好啦。」

「夠了，夠了。」他看到老人家愉快的顏色，馬上就說：「這樣的好茶，下糕仔最好啦！」

「那當真，這些糕仔都是今天才批的，很鮮。」

「你的店子我都沒交關過，太遠了。街仔永祿、仁壽他們你認得不認得？」

「怎麼不認得？我這個小店子怎麼能和他們比？」

「我的菸啦酒啦，還有其他東西，都是他們兩家拿的，不是找永祿，就是找仁壽。我都是拿長期，最後才和他們清。前天才和仁壽清了不少錢哪！」

老人走到小櫥窗，打開了玻璃門，問他說：「要幾個？看你要圓的，或是彎的。」

「我想算了，等下我到佛祖廟那邊找人討錢，回來時再來吧。」

「又不是生分！先拿去吃吧。」

憨欽仔心裡明明想再客氣一番，以退為進，哪知道他竟一下子就說：「好吧，那就給我四個圓糕。」他有點後悔。但是看到老人那麼願意賒欠給他，也就安心了。

他一共吃了六個圓糕，喝了三碗茶，肚子裡已經感到舒服些了。但是他心裡癢癢的，很想抽菸。他眼望著櫃臺背後的玻璃櫃裡面的香菸，腦子裡忙著編話跟老人談。

「好久沒看你打鑼了。」老人問。

憨欽仔心裡一慌，一時竟支吾了一下。編好的話即不能採取主動，完全失了作用。他馬上將手裡的空碗送到嘴，佯裝喝茶沒作答。突然他想出來了。他說：

「呃，呃，你問我打鑼的事嗎？」

「好久沒打了不是？」

「還是有，不過很累，有時候就叫一個少年家的出來叫嚷，有時候我還是親身出來打。」

「很久沒看你出來了。」

「前天我才出來哪。」

「沒到這裡。」

憨欽仔笑了笑說：

「沒有好事，所以我隨便打打就交差了。」

「什麼事？」

「繳稅！」又笑了笑：「有好事我一定通知到家。」他順著嘴勢說：「老頭家，找再拿兩包黃殼子好嗎？以後一起算。」

老人家看看他的香菸說：

「附一包紅殼子好嗎？黃殼子只剩這兩包。」

「我吃慣了黃殼子的，沒關係啦！說不定我等一下回來就給你。」

憨欽仔肚子又飽，口袋裡又有兩包黃殼子的香菸。他想，今天的事一定順利。他向佛祖廟走去，差不多還有一刻鐘的時間即可到達南門。這個時候，他摸著被糕仔和茶水脹得有點突出的肚皮，眼望著遠遠的天際，喃喃地自語說：「嗨！俗語說的實在一點也不假。『一枝草，一點露。』幹！真是『一枝草，一點露。』」他小心地吸那短得不能再短的菸蒂，像在做最後的吻別那樣，當他不能不把它扔掉時，他還捏著那麼一點點的地方，望了一下，實在再也容不下嘴唇了。他吐出最後的一團煙霧，覺得舒暢死了，恨不得一下子就騰上煙霧飛到南門。

隘路

南門棺材店對面的茄冬樹下，經常總有八九個羅漢腳蹲在那裡。一等到喪家上來買棺材，這一夥人就咬住棺材跟到喪家，幫人忙喪事。比如出殯時舉彩旗抬花圈，或是做其他打雜之類的事情。這樣子，他們就會有兩三天，長一點的也有一個禮拜左右的「白肉」可吃，另外還可以分到一些零用。這一夥羅漢腳都是無家無累的男人，他們蹲在茄冬樹下生活，已經有很長的時日，並且在這小小的圈內構成了某種勢力與特權。這一夥人對棺材的好壞，自然搞得很熟，倘若同時有兩家喪家來買上漆的壽棺，其中有楠木和檜木的話，那麼這一夥人，自然而然地就會被檜木的香味，牽著鼻子走。遇到有錢的喪家，排場總是闊得多，說不定忙上一個多禮拜，有吃有喝，零用又闊。不過有時也會遇到一些例外。有關這一夥人的生活，憨欽仔最清楚不過。所以他丟了打鑼的差事以後，再也想不出比這樣討生活更方便的了。

棺材養的棺材店，和空地上的茄冬樹，只隔一條馬路。棺材店那邊，棺材養的斧頭，一下一下地劈著，兩個握住雙人大鋸兩端的徒弟，他們各坐一端的上半身，一伏一起地鋸著，這些規律而均勻的音響，催眠著茄冬樹下這一夥人午睡。茄冬樹影底下，有些羅漢腳就像他們睡前放下來的「狗龜棋」的紅石子和灰石子，零亂而自由自在地用斗笠掩面熟睡著，也有幾個人各自坐在自己的地方，彼此聊天。但是並不很投機，往往說話的人很像在自言自語。偶爾一輛卡車轟隆地跑過，這才叫這些羅漢腳也偶爾想到，另有遠方的天地，但他們並不曾嚮往。

憨欽仔走到茄冬樹下，看到一夥優閒的羅漢腳，橫七豎八地有的坐、有的蹲、有的躺，各種各樣的姿態都有。他心裡一時覺得很失望，他想如果在這裡擠到一席之地，其中的一個不就是他自己？雖然他可以想像到他們的生活，但是眼前的情形，竟是這般傷他的自尊。他左思右想，又想出他們的好處，於是他掏出黃殼子的香菸，上前向其中正抽著菸的臭頭借火。他有意地把黃殼子的菸晃著，那些坐在那裡欲睡不睡的羅漢腳，他們的眼睛都亮起來，被那一包黃殼子菸吸住了。他把火還給臭頭，接著向他們敬菸。眼看四五隻手一起伸過來的憨欽仔，心裡被創痛著。

「怎麼不看你打鑼啦？」臭頭的那個人問。

「是啊！好久不見你打鑼啦。」別人和著說。

「不打了！」憨欽仔故做不在乎的樣子，把話和煙一起吐出來說：「老是打鑼沒意思。」

但是另有人以懷疑的口吻說：

「不是給那喇叭車搶了你的飯碗？」

憨欽仔覺得這句話太不中聽了。他瞅了那個人一下，看他還抽著他敬的香菸，心裡更加不快活。他大聲地想壓過上句話的銳氣，很不以為然地說：

「那種不倫不類的東西算什麼？碰巧我憨欽仔不想打鑼，他撿去幹罷了。幹伊娘！好多人都以為我憨欽仔這個老鳥精的飯碗，竟砸在少年家的手裡。」

「其實打鑼並不壞嘛！」

「不壞？」他皺著眉頭，深深地吸了一口菸說：「你沒打你不知道，有時一天打下來喉嚨都失聲，腿痠好幾天。這還不打緊，還有拿不到錢的哪！你說可惡不可惡？好？好個屁！好。」

「還有這樣的人？真沒天良！」

憨欽仔看到幾位吸了他的菸的羅漢腳，個個都搖頭為他表示義憤，而偷偷地歡喜著。他又說：

「這樣的人多著哪！說穿了人家的姓名，我這個憨欽仔做人就不夠意思，有的人替他打鑼找小孩，結果小孩子找到了，錢竟不給！」

「假如沒找到可以不給錢嗎？」有人問。

「哪裡的話！只要我憨欽仔打鑼就得給錢。」他的人雖然瘦小，一向打鑼喊話喊慣，話一激動，每一個字都經過那麼用力地說出來，聲音越大反而沙啞得聽得不甚清楚。

談話中，一夥人無意中移動原來的位子，坐攏過來，把憨欽仔圍在主要的位置。

臭頭很同情憨欽仔的話說：

「那是應該的，哪有做媒人包生小孩？」

「大家都像你們的心腸就好了，何必說天良。」憨欽仔看了看他們說：「一點都不假，古早人說天良的有兩個，一個死了，一個還沒出世。」

這一夥人的臉上，個個浮泛著憨欽仔預期想收穫的微笑，他們除了對他的話感到興趣以外，還有一部分是欽佩。

「我憨欽仔又不是傻瓜一個，如果打鑼是好活兒，我還會好好地把飯碗捧送給別人？」

其他人都點了點頭笑著。

談話中，他開口閉口就說「我憨欽仔」怎麼怎麼，有時拍胸脯，有時拉袖子，一句話一個動作。臭頭他們倒覺得他那樣子很神氣，好不羨慕。

憨欽仔用心地轉了話題說：

「不過話說回來，還是幹你們這一行最好。」

「好？」臭頭本來背靠在茄冬樹，他挺起來叫著說：「好個鬼咧！好？」

其他人為臭頭的話笑起來。

憨欽仔正想插進去說什麼，卻給另一個人的話搶先了。那人說：

「照這幾天的情形下去，大家可要餓死囉！」

他們有很多天沒見人來對面買棺材了。

「還早咧，輪到我們死？」憨欽仔很有用意地說出「我們」這兩個字說：「愁什麼？我們這裡面沒有一個人是吃透的。不必愁，總是有人會死的，不是今天就是明天，說不定後天一下子就有好幾個人來買棺材哪！」對這一行活，他覺得十分樂觀。

「噢！千萬不要一下子死好幾個，最好是一天一個。」烏龜也發表了他的意見。

「你到底說得對不對？」阿博很不以為然地說：「一天一個！你怎麼分身法？一個地方起碼也三兩天，所以差不多三兩天一個最恰當了。這樣子我們可以這邊辦完，又趕那一邊的……」

話沒說完，旁邊的火生有點惱火地說：「講傻話！閻王爺你幹的？」

阿博一時被火生認真的態度嚇得發愣。旁人的轟笑，令火生以為是對他的一種讚賞。所以他得意地又重說：「閻王爺又不是你幹的！講傻話，幹伊娘咧！」

一向坐著只有聽話的份，而滿臉笑盈盈的像彌勒佛的大呆，突然興奮地站起來講話。他沒頭沒尾地很孩子氣地說：

「統統死光光好啦！統統死光光好啦！」

大呆的話引起在座的咒詛，此一句，彼一句地：

「幹你娘哩！大呆！」

「你去死吧！」

「大呆你只許有耳朵，不許你有嘴巴！」

大呆只顧自己笑著，一方面他關心的是，別人家手上的香菸屁股。憨欽仔的才去下去就被大呆撿走了。其他人卻把菸嘴捏扁，用手指頭輕輕地擰住一點點。每個人的手指，早就這樣子吸菸，而被薰得由黃變成褐色了。菸火雖然逼近手指頭發燙，但是還是顯得從容不迫，似乎壓根兒就沒那麼回事。這一夥人實在難得抽到黃殼子，憨欽仔也不例外。黃殼子菸的馴良與芬芳，還有另一種高貴感，直誘著憨欽仔。但是，一想到五六隻手一起伸過來的情形，心裡就涼了半截，嚥了一兩口口水也就算了。

大家對大呆的咒詛，只有致使他傻笑不停。他的笑聲因為始終不肯把嘴巴張開，所以完全由鼻孔發出一連串怪異的嗯嗯聲，令人覺得又好笑，又好氣。火生跑過去拽他的鬍毛，他還是傻笑不停。如果被拽痛了，最多是沒精打采地說：「不要這樣嘛！不要這樣嘛。」

臭頭吸了最後一口菸，把菸蒂拋在地上，大呆不理火生，慢條斯理地移動全身的肥肉走過去，火生搶先一步，將菸蒂踩在腳底。大呆就是那麼象徵性的動作推著火生。

臭頭說：

「晚上把屁股好好洗一洗，火生就放開腳。」

大呆還是沒牌沒氣地推著火生說：

「不要這樣嘛！不要嘛，臭頭不要嘛。」

「你叫我爸爸，叫我爸爸我就放。」

「不要這樣嘛！爸爸，不要嘛……」

所有的人一聽到大呆叫火生爸爸，一時譁然爆笑起來。這時候，突然棺材店的斧聲和鋸木聲，都一起停下，而茄冬樹下這邊的一夥，也驚奇對面的頓然靜止的舉動，終止他們的笑聲，除了憨欽仔的笑聲多拖了一口氣，大家很整齊地把臉轉向棺材店。這邊一夥所看到的，正是和他們一樣驚奇而望這邊愣住了的三對眼睛。這片刻的靜止，又由大呆那帶著孩子氣的話語，和那令人無可奈何的笑聲，給打破了。在所有的人的笑聲中，還可以聽到棺材養的一句叫罵：「幹你娘，死大呆。……」

方才熟睡的幾個人，都給那不尋常的轟笑聲驚醒過來。憨欽仔的健談，仍然受到大家的歡迎。臭頭還對憨欽仔說，以後有閒多來聊聊。他已經看出來，臭頭就是茄冬樹下的老大。回家時，一路暗暗自喜。他想在茄冬樹下占到一席的將來，早已把不能打鑼的憂慮的氣惱，還有欠帳的事，一股腦地丟得乾乾淨淨。他竟然從容不迫地朝著向他討帳討得最緊的菸酒店的路上，堂堂邁進。他盤算著，明天再到這裡來，如果運氣好，遇到有人買棺材，隨即可以跟到喪家，有得吃，又有零用拿，好不快活！他愈想明天愈有可能。既然有那麼多天沒人買棺材，再拖也不會久啦。就怕昨天已經有人買走，那就可能需要久等幾天。他想著想著，忽然被映入眼睛的媽祖廟嚇了一大跳，仁壽的雜貨店就在身邊。他及時想掉頭走掉，但是似乎被仁壽的人看見了。這可糟透頂了。他心裡納悶著。他加緊腳步，把頭別向另一邊，硬著頭皮走過去。來不及了。他很清楚地聽到背後有人叫「憨欽仔」，他還是不理睬地走，想讓對方誤為叫錯人。然而叫喊憨欽仔那個人，不但不停地叫，還用跑步追趕過來，一手揪住他的肩膀，用力往後一拉，並且氣憤地罵著說：

「幹你祖宗三代！你再跑，跑給我看看，我才不相信插翅能飛。」

憨欽仔被拉了一下，差一點就跌倒在地上。他無意地說：

「我沒跑，我沒跑。」

「沒跑？沒跑我怎麼叫你不停？」

「我沒聽到你叫我。」

「沒聽到？呃！你的耳朵是不是屎糊著了？啊？」仁壽抓著他肩膀的手，說一句就用力搖撼幾下，憨欽仔那單薄的身軀，隨著仁壽的手，像沒著地似的晃來晃去。「要不要我用豬屎耙來替你耙耙？啊？你說！」

「仁壽兄，請放手，我求求你。」憨欽仔不好意思地看了看圍熱鬧的人，然後更加小聲地向仁壽說：「人這麼多給我一點面子吧，請放手。」

「呵！你這樣的人也想要面子啊？你們有沒有聽到？」仁壽得意地把目光投向人群，笑著大聲地說：「這叫做死要面子啦！」

那單薄的憨欽仔像被貓捉在手裡玩的老鼠，被搖撼得叫人擔心他的五臟恐怕亂了位置。他察覺到圍熱鬧的人，把臺車轉軌向的天地盤的地方，都給擠滿的情形，羞得頭勾下來想鑽到地底下去。一直覺得自己在小鎮裡擁有一點什麼的，現在已經全破產了，原想極力求饒挽回一點點什麼也好的意志，也都崩潰了。他的精神可以說陷於癱瘓的狀態，連本能上的某種行為，亦都清醒地加以抑制，而想撕破自己的臉說：「怎麼樣？沒有錢就沒有錢！人肉鹹鹹的！怎麼樣？」他想，我再求他一次，要是再不放手，就說出來拉倒算了。

「仁壽兄，我沒長你輩，也大你歲。請放手吧，我有錢還是要還你的。」憨欽仔強露出笑容，低聲下氣地說。

「你有錢？」仁壽近於一種狂暴似的笑著說：「你有錢，天下的人都富有了！」憨欽仔也實在忍無可忍了，他正想用力掙脫仁壽，並且蠻橫地說：「人肉鹹鹹的啦，你把我怎麼樣？」就要使力和脫口的時候，他聽見人群裡有人說：「那個打鑼的憨欽仔啦。」這時，他突然軟弱下來，他覺得把態度挺硬起來一定會把「憨欽仔」這個東西，完全碰碎得找不得屍身。他說：

「仁壽叔啊！再做個人情吧，在我沒還這些錢以前，就讓我欠這些錢去害一場大病吧。啊？仁壽叔公——」他本想接著求仁壽放手，但是他猜想仁壽這樣的人，愈請他放手，他故意愈不肯放，所以憨欽仔乾脆就不求他放手。只再重複地叫了一聲：「仁壽叔公——」

憨欽仔的話，一時引起在場的人轟笑，仁壽也真沒脾氣地放手。

「下次再不還，就不這樣便宜喔！以後就剝你的衣服。」

在群眾的笑聲中，有人說：

「仁壽，值得啦！有一個這麼大的孫子。」

「我才沒那麼倒楣哪！」仁壽顯得氣昂而樂起來了。

在一邊的憨欽仔，很不好意思地，又不知道怎麼好，只是無意地望著被抓縐了的衣服，一邊用手想摸平它。旁邊騷擾的人聲，一句都沒聽入耳朵。事情一過，反而傻愣愣在那裡不知走開。

仁壽回到他的店裡去了。

一群好奇的人，包圍著發愣的憨欽仔的情形，像一個奇怪的果子，到時候這些人像果皮，自動地一層一層地剝落，最後只留下憨欽仔像果核，被丟棄在天地盤那裡。他還是用一隻手毫無意義地摸平那一塊衣服。但是他實在是在那裡懊悔。他想他實在不該那麼軟弱，早應該對仁壽說：「人肉鹹鹹的，你能怎麼樣？」他放手了，還不是見不得人？真不該叫叔公、客兄公咧！什麼公？他愈想愈後悔。他知道已經沒人注意他了，但一個頭像百斤重，抬都不易抬起。

遠遠地有人推著臺車來了，他們要在天地盤這裡，轉軌到海邊去，車伕遠遠地吆喝著。這時憨欽仔才醒過來似的，趕快走離開。並且小心機警如老鼠地跑回公園裡的防空洞。

他一進門，砰然地倒在竹床上，竟不知不覺地流淚，慢慢地鼻涕嗆得滿壁，慢慢地竟激動得哭起來，從他成人二、三十年來，他一滴眼淚都沒掉過。等稍平靜下來，他坐起來，悶著聲音只是「幹你老母，幹你老母……」不停地罵著。後來也伸手去拿披在床頭的破布來擦臉。他覺得右腮有點燒痛，用手去摸的時候，才知道有兩痕抓傷。他在防空洞裡踱來踱去，無意間看到床底下的鑼。他拿出鑼看了看，並且自言自語地說：

「好！」很堅決地，「有朝一日要是再讓我憨欽仔打鑼，我憨欽仔一定要存些錢起來。」

看人吃補，不看狗搶骨

第二天，對右腮的兩條抓痕，憨欽仔編好了一段來歷。他來到了茄冬樹下，一見到這一夥人就說：

「人家說好心的挨雷打，一點都不假。」他摸摸臉頰。「昨天從這裡回去，路過育生藥房，我好心撿地上的花生米給那兩隻猴子，哪知道，我剛一抬頭，一隻猴子竟抱住我的臉，一下子就被抓傷，真夭壽的畜生。」

「真的，育生藥房那兩隻猴子，頑皮出了名。前不久，一個女人打那裡亭子腳經過，也是和你說的一樣，抱住人家的頭不放。」火生說。

「後來那個女人怎麼了？」阿博很認真地問。

「你這個豬哥神最重的，一說到女人就醒過來。」火生說著，咧嘴帶其他人一起笑起來。

阿博似乎有點怕火生的樣子。他說：

「不然，不然你說她幹什麼？」

「你想知道嗎？」火生説：「你要知道，我告訴你好了。」他擺好架式，話也像擺了架式開頭。「後來，後來呀，那個女人結婚，生了小孩。呵呵——」

憨欽仔一面蹲下來，等大家笑得差不多，他又撫摸那傷痕説：

「幹伊娘哩！叫抓傷我的那隻手爛掉！」他心裡想著仁壽，而嘴巴卻説：「藥房要出名，應該靠賣好藥，怎麼可以靠猴子抓人？」

「就是。」坐在憨欽仔身邊的火生説：「昨天的黃殼子還有沒有？」前後兩句語氣的死活，強烈地對比著。他伸長脖子，像咽喉科的醫生，看病患者的喉嚨那樣，兩隻眼睛直勾到憨欽仔的袋子裡。

憨欽仔拍拍胸前的口袋，苦笑著説沒有。「歪嘴雞還想吃好米。」狗子突然從另一棵茄冬樹下，很不耐煩地咒罵過來。

「關你什麼事？」火生跳起來叫嚷：「你不想？狗咬呂洞賓。」

「怎麼樣！看上了是吧？」狗子的聲勢也不弱。然而他站了起來，奸滑地笑著説：

「呵，終於找到理由啦。」

「有種的走過來一點！」那聲音大得喉嚨都要炸了。

狗子嘻皮笑臉的，只是兩隻眼睛不肯和氣，直瞪著對方上前走了幾步説：

「怎麼？免費招待還是送上門？」

火生早就捏緊了拳頭，兩手僵直地擺在兩側，他也不示弱地跳出兩三步。

現在他們兩人只隔一大步，憨欽仔看到這種情勢，兩條腿不由己地戰慄起來。他真想有人出來勸架，他回頭看看其他人。他們不是坐著，就是半躺著，每個人熱得傻傻地，兩隻眼睛幸災樂禍地望著頂起來的兩個。眼看就要拚起來了，憨欽仔急著叫：

「你們誰出來做做好事吧！」他的頭忙著轉動：「快！快出來呀！」他一邊說一邊走近他們兩個。

「憨欽仔，你何苦呢，這麼熱的天氣，勸架是要力氣呀。」有人這麼說。

狗子和火生已經在抵肩了。這時，他們兩個的心裡的氣焰，沒開始那麼高漲，同時聽憨欽仔走過來說：「快，快讓我勸勸。」雙方都以為借這有人勸架，而打不成架之前，贏得精神上的勝利。反正打不成了，他們想。於是抵肩的力量都加重了，一迸一碰，居然碰出悶聲來。本想塞進兩人的中間張手隔開他們的，一看碰得這麼用力，憨欽仔只好站在旁邊，只是動嘴不動手地叫：「噯！噯！打不得，打不得，你們誰快來拉開他們。」

「不要理他們，憨欽仔，別掃他們興。」臭頭叫了。

憨欽仔一時傻在那裡，真不知該怎麼著。

狗子和火生兩個也是削瘦的人，全身什麼地方都是細小，而單單關節的地方大得出奇，比如膝蓋、臂彎、下巴和顴骨等地方。肩骨也一樣，一張鬆鬆的皮，包著特別凸出的肩骨，經他們自己那麼用力地碰起來，不但發出石頭在水裡相碰的聲音，一陣一陣的刺痛，直鑽到骨髓裡面，想輕一點碰，似乎已經騎虎難下了。勢到這種地步，只能更重一點碰，馬上分出高低，趕快結束這種僵局為妙。他們兩人都一樣地這麼想。剛一碰完，退後再來時，雙方都把重心放得更低，把上身更向前傾斜，這樣上去才夠勁。正要再對碰，狗子的肩骨裡正為剛碰完那一下的刺痛，刺激得最劇烈。但這下又不能不上，就在兩個肩膀又要碰在一起的剎那，狗子把身體一閃，火生一落空，整個人像火牛，衝到丈許的地方，才給一棵茄冬樹擋住去路。在旁的人，被引得轟笑起來，在笑聲中，還有人說：「這一下不下千斤！看茄冬葉都被震落了哪。」火生這下真的惱火了。一轉身拳頭揮得高高的，不管死活，發狂地衝回來。憨欽仔更加害怕，但是在火生再三兩步遠就衝到狗子之前，他竟擋在狗子的前面，攤開手叫著：「千萬不要，千萬不要，千萬……」狗子也被對方的狂勢激狂了。他不顧憨欽仔阻礙在中間，來不及推開時，火生已經到了。兩人隔著憨欽仔就揮拳，乒乒乓乓地幹起來。憨欽仔想閃都閃不開了。有一邊用腳，對方馬上亦還腳，一邊用抓，另一邊用扯，結果都糾成一團倒在地上。

狗子和火生兩個比劃不出高低，一旦滾到地上弄成僵局的時候，雙方突然感到獲得休憩的舒暢，雖然我拉你、你拉我地困住，但在心裡頭都有停戰的默契，誰都不想再動了，急促的氣一團一團地喘著，汗水不停地湧出。在這片刻的靜止間，兩個人頓時感到滑稽，輕輕噎到喉頭的笑聲，等著下一步的什麼來把嘴巴炸開。其中倒楣的是憨欽仔，他被他們兩個壓在底下，抱著頭動都不敢動地，連眼睛都閉著，只是口裡喃喃地唸：「千萬不要，千萬不要……」唸個不停。

「夠了吧！夠了吧！」臭頭懶懶地站了起來吆喝。「憨欽仔給壓死了！」

狗子和火生似乎一直在等人叫他們起來，一聽到臭頭叫，一鬆手都站起來，同時也因為憨欽仔的樣子，他們都笑了。

「幹破×××，打嘛！再打給我看看。有辦法再打，臭頭請吃炒米粉好啦！」臭頭以老大的口氣，就算訓他們了。

憨欽仔還側身躺在地上，不斷地叫著：「千萬不要。」而不知爬起來。

「一定把他的三魂七魄壓缺了。」臭頭走過來看看。

狗子和火生收斂起感到可笑的笑容，愣住了。在旁的人紛紛圍過來，看臭頭在憨欽仔的身上翻來翻去。

「可憐的老頭。」臭頭說：「誰會抓砂筋？」

沒有人回答，圍觀的人互相間傻傻地照照臉，把眼睛睜得比平時還大。

臭頭把憨欽仔的黑布衫掀開，在他的腋下摸啊摸地，像找到了什麼停了一下，用力擰了一把，連自己的嘴也歪斜得厲害。憨欽仔哼了一聲，臭頭信心來了。原來砂筋這麼好找，他再用力一擰，憨欽仔「娘呀」地叫起來。這一叫，可把大家的心都放下來，眼睛也各回原狀了。大呆的那叫人忍俊不住笑聲，最早從剛剛令人窒息的荒原冒出來。阿博一時像小孩雀躍地，撲到大呆的背後，探手到前面，捏大呆的那一對肥滿微垂的奶。這一圈小天地，又開始活起來了。

這時，憨欽仔從坐起來，再到站起來，再到講話的一連串動作，一直都是特別引人注目，除此他似乎擁有什麼特權之類的感覺。其餘的人瞇著一對笑眼，（不，火木只有一隻左眼，他的右眼永遠沒張開，且深深地凹著。）望著憨欽仔，等他做一切事情。

憨欽仔摸摸這裡叫一聲，揉揉那裡哼一聲，三字經加註來一段，又這裡揉揉，那裡摸摸地，把自己全身都搜遍了。在這搜搜揉揉的過程中，他的每叫一聲，每咒罵一句，都博得其他人的同情和善意笑聲。哪怕他有些是誇大，他們的同情竟是那麼慷慨。因此，他覺得他並沒有完全受到委屈。同時他想他應該好好地把握，這有利他言行的這個時刻。他拍拍身上的灰塵，本想發發脾氣，叫大家認識認識他並不是好惹的貨色。但是仔細一想，竟自認倒楣地說：

「看人吃補，不看狗搶骨。」笑了笑。「嗨！古早人實在是先知先覺，他早告訴我們了。我自己糊塗。唉！真是糊塗蟲一個。」

「我看你還是吃一點藥，多少有一點內傷。」火生說。「我報給你一味生傷的草藥。」火生側著臉，「起馬鞭最好了，絞汁，敢喝酒加酒，不敢喝酒加烏糖，包你一必一中。我報給人家吃好了好多人哪！」

「要起馬鞭莫不簡單？墓仔埔最多了。」

憨欽仔忙著轉頭看好意為他建議的人。

「還有一種也不錯。」臭頭說。「榕鬚搥搥絞汁，就這樣喝，對生傷也很有效。這比起馬鞭好喝，一點羶味都沒有。」

「要吃嘛，就趁早！」

「是是。」憨欽仔說。

「叫狗子和火生去採才應該。」

「不用不用，我自己採。他們給我出酒錢就好了。」

「應該，應該，這很公道。」

很多人都附和著說。狗子抓抓說：

「我現在沒錢！好久沒吃白肉了。」

是很久沒吃白肉了。大概有一個禮拜，不見人來對面買棺材了。當大家聽到狗子的話之後，好像大家才真正地觸到自己的生活問題，燠熱又植在他們的神經，憂慮又在腦殼裡發漲，憨欽仔的傷痛被拋得老遠。

「不是我們心地壞，實在很久沒有人死了。」

「你們急什麼，有一頓肉就要來了。」憨欽仔說。

「誰？」大家的眼睛亮了起來。

「楊秀才。這一定鋪張的。」

「鳥咧！幾年前就喊楊秀才要死，喊到今天。」

「那老傢伙也真牛皮韌。」火生說。

「十二條身魂被擄十一條，還有一條強扳住門檻，當然韌哪！」

「唉！也該放手了，老頭子不聰明，他這樣子弄得年輕的對他不孝，何苦？」

憨欽仔提起楊秀才，叫大家談論起來。但是談來談去，始終談不出什麼，天氣一熱，大家越談越不起勁。

方才的喧擾，和飄浮的情緒，漸漸地像塵埃沉澱下來。一個一個以他們感到最舒服的姿勢，開始木訥不動。憨欽仔很不習慣於這樣沉默，他忙了一陣腦子，終於想出話題向臭頭丟了一個小石子叫他說：

「喂！臭頭，人家說棺材店如果沒生意，只要用掃把頭敲打棺材三下，隔日就有人來買棺材。你信不信？」

「聽倒是聽過，但是沒試過。」

「不知道棺材養知道不知道？」

「這誰都知道，如果有效，我想他也不願意沒有生意做。」

「說不定沒做過。」憨欽仔留著一個希望似的。「那又怎麼樣？」

其他人也都想參加一點意見，雖然還沒開口，至少他們又從昏沉的狀態中醒了過來。

「我們來試試看。」憨欽仔驚喜地說。

「誰去試？」

「這裡面的人，包括我在內。」

「誰願意？」

其他的人縮了縮身體，露出想逃避的笑容，看看旁邊的人。

「看。」憨欽仔細聲地說：「棺材養他們三個人都放下工具去吃飯了。再看，左邊牆靠一支掃把在那兒，要做就趁現在。」

「誰去？」

「抓籤好啦！」狗子說。

「抓什麼籤?!等你做好籤，再抽好，人家又出來了。」憨欽仔很想自己去試。他想他可以叫他們喜歡他。

「那怎麼辦?」狗子有點急。

憨欽仔也有一點急，他怕他還沒自告奮勇說出來，就讓狗子說了，那豈不是失去一個很好的表現機會?看狗子他那表情，像就要衝口說出來的樣子。他很快地說：

「我去!」他看了看他們，「等你們這些人做事，做鬼也搶不到紙錢用!」

這一夥看挺身出來的憨欽仔，不由得投以敬仰的目光，使得他加倍地勇敢起來，做一口深呼吸，準備衝過去。

「給我看看路上的行人，有人走近就咳一聲。」說著憨欽仔走過馬路，他回頭看看大家，茄冬樹下這邊，大家屏住氣，注視著他的一舉一動，他們很靜，靜得幾乎要爆炸。

憨欽仔走到屋簷下，回頭看看馬路兩端，很快地上前，拿起掃把往最靠邊的一具棺材，咚咚咚地敲了三下，拿著掃把連蹦帶跳地衝回來。

這邊的人，從看到他拿起掃把就開始爆笑起來，並且他拿著掃把，奔跑回來的樣子，亦叫他們捧腹。

「你們真沒意思!」憨欽仔生氣地叫著。「我是為大家去拚生命哪!」

大家仍然笑得合不攏嘴。

「你們真是一群豬!好歹不識!」他搖動掃把，要他們清楚他的貢獻。

看了他手裡的掃把，臭頭捧著腹：「噯唷！媽呀！掃，掃把，唷，笑死哪。……」

這時大家又發現一件可笑的事，笑浪聲，一沖就到棺材店裡面，一時引起兩個徒弟的好奇，拿著飯碗跑出來看。

「憨欽仔，你的掃把。」有人小聲地叫。

這時大家才真正地停止了笑聲，他們的眼睛一會兒對面一會兒憨欽仔地來回看看。

憨欽仔還不知道他怎麼，一聽到人家說掃把，定神一看，自己也發愣了。

「快點藏起來！他們在看你。」

憨欽仔笨拙地回頭看看對面，這時有人走過來把掃把搶過去，藏在兩個人的屁股底下了。

對面的兩個徒弟，一邊扒飯，一邊望著這邊，看不出什麼好笑的，又走回裡面去了。

憨欽仔鬆了一口氣，自己也覺得好笑地說：

「我怎麼連掃把也帶回來？真該死。」

「我看你昏了。」

「掃把在哪裡？我再帶回去。」

「到現在沒事就算了，掃把等一下扔掉就是。」

「唉！那，那怎麼可以？」

「你不必管它了。」臭頭說：「看明天靈不靈。」

「我，我已經很對得起大家了。」

雖然大家沒說什麼，從他們的笑臉上，他獲得了承認和無限的光彩。

但是在大家還讚美不已的時候，他竟被淡淡的憂慮爬到心頭，令他惱惱難過。他後悔做剛才的事，他想如果真的明天有人買棺材的話，那個死人可不是我殺了他？我憨欽仔半世人，雖不算好人，亦不算壞人啊！我為什麼要殺人？但願明天不靈驗才好。他閉著眼睛坐在地上，把背倚靠在茄冬樹幹，想他自己的事。

他純然聽不見這一夥人，有意無意地對他的讚美，或重述方才那英勇事蹟所激起的騷擾。甚至於不值得去甩他們。他覺得自己正掉進黑黑的深淵似的，他想著，此刻對過去連自己都不以為怎麼的事情，竟令他懷念不已。現在，他並不為砸了飯碗難過，只是為那些不再是挪揄，而是讓自己尊敬的差事，深痛地感到惋惜。

防空洞口，一個悲切的母親的聲音在喚著：

「打鑼的！打鑼的！」停了一停：「打鑼的在嗎？」

「唷！在，在。」憨欽仔從午覺中跳起來。

「請你出來一下。」

「來啦！來啦！」

憨欽仔一出到洞口，眼睛被陽光扎得睜不開，他還沒看清楚是誰，對方開始說話了。

「我的孩子，阿雄迷失了。」那女人一說到我的孩子，再說下去的一串話，變成嗚咽不清的聲音。

憨欽仔很了解這個迷失孩子的年輕母親，他安慰著說：

「我知道，我知道。你的孩子迷失了是不是？」

那哭泣的女人點頭。

「不要急，你慢慢告訴我你的孩子有多大？有什麼特徵？他今天穿什麼衣服？大概在什麼地方？什麼時間迷失的？好，就是這些。」

「他，他……」女人努力地想說出來，然而傷心的抽噎每每搶在話前。

「沒關係，別急。沒有一個小孩迷失，我找不回來的。你去問問，絕對沒有。你的孩子我一樣有辦法找到。」

年輕的母親安心多了。她說：

「他叫阿雄，眼睛很大，很可愛，三歲，但是才滿兩歲。」她停下來想了想，她的神色突然變得很仁慈，剛才的悲傷全消失了。「我帶他去買布，我想剪一塊布給他做幾件尿褲，我在布店看布，他吵著要下去玩，我叫他說，阿雄不要到馬路，他還應我一聲哪！」才消失的悲傷又罩住她。

憨欽仔抓住她停下來的機會，自動提出問題一個一個問她，這樣她才說得完全而答得簡潔。

「好！我知道了，你趕快去找，最好到大水溝去巡巡，我馬上打鑼，沒有問題的。」

他一轉身馬上拿鑼，隨著那母親去後，接著就敲打起來。

噹——噹——噹——

打鑼打這兒來——

通知給大家明白——

有一個小孩，名叫阿雄——

今年三歲，實在才滿兩歲啊——

目睭大大蕊，很可愛，赤腳，穿黑水褲、白衫——

誰人看見，趕緊帶去交給派出所——

或者，帶去帝爺廟邊棉被店——

阿雄的母親很著急地在等候——

噹——噹——噹——

那天下午，整個鎮上沒有一個人沒聽到憨欽仔的鑼聲。黃昏時分，那個母親抱著阿雄，在路上追到憨欽仔，當面說了許多感激的話，並且將一包紅包塞在他的手裡。錢雖然不多，現在想起來卻是一份很厚的酬謝。唉！但願我沒殺死人，我願我沒做那件傻事。他仍然覺得他的心在那黑黑的深淵浮沉不定。

憨欽仔的神色，顯然和剛才逞英雄的情形，完全是兩張面孔。

「憨欽仔，你怎麼了？」

他聽到他們的話，但他不想回答。

「大概真的受傷了。」臭頭說著，兩眼來回搜尋狗子和火生。

「我，我去採起馬鞭給你好嗎？」火生歉意地說。

憨欽仔的笑容和深閉的眼睛，倏地一併閃亮起來，圍著他因關心而黯淡的臉龐，也一併給點亮了。顯然地，憨欽仔已經在這裡贏得了一席之地，完全和他原先預想的一樣，有一點意外的是贏得太快了。但是一點都不驚奇，反而覺得有點頹敗，而這點頹敗才是應該他最驚奇的。唯有這一份頹敗得像一攤泥不泥水不水的情形，是他原先沒料想得到。然而這真正意外得足夠他悸動的驚奇，亦被這頹敗本身壓抑得死死了。在這之前，對憨欽仔來說，頹敗是初次謀面。

「沒什麼。這是我的老毛病，我歇一歇就會好的。」

「不過你也不能太大意，不要把生傷熬成老傷，那就夠麻煩的。」

他覺得自己似乎很容易受騙。剛才那麼地鄙視他們，現在一句關心他的話，一下子全部給抹得乾淨。

「我會。我馬上就回去找起馬鞭。」他並覺得身上有什麼地方特別疼痛，他隨便撫摸自己的胸部：「我想不會有什麼吧。」

大家都笑了，笑得那麼乾癟地。

早雞報喜

從剛才在茄冬樹下站起來的時候，頭就開始發暈，要不是扶著樹幹閉目了一會，一定栽在那裡爬不起來。他坐在防空洞口的水泥堵，把整個臉埋在兩隻手掌裡托著，他想大概是一直吃番薯的關係，不然就是……。唷！又來了。在昏暗的腦子裡突然亮了一下，漸漸地變黃、變綠、變紅，茫茫地又歸到昏暗。就在這一陣子，整個人像什麼東西被抽空了地虛脫下來。好在他是坐著，站著的話一定就栽了。他提防著，他知道還有第二次。還是那樣托著臉的老姿勢，身體緊張畏縮，連腳趾都向裡弓起來。最近他常被這種頭暈困擾，有時可以用意志去克制，也有時意志一抵，只有促暈勁更兇。在這兩種情形，他學會了慢慢地一點一點去試探，能克制的時候一點一點加強，不能克制也要一點一點放鬆，不能一點都沒有就放鬆，那會導致嘔吐，嚴重的話就像被柔道摔在地上。許久，再一個許久，憨欽仔沒等到第二次襲擊，他全身的肌肉像一堆搓合的麵糰徐徐地流開，鬆了又沒怎麼樣。但是他還是小心地把頭抬起來，一襲涼意使他意識到發了一陣汗。眼前的景象特別亮，像顯影不足的照片。他扶著水泥，扶著潮濕的牆壁，摸著床，一股暖流從手流到心。躺在床上，暖流又從身體的什麼地方流走了。憨欽仔面對著黑壓壓的空氣，與它對比起來憨欽仔竟是那麼渺小得無法再渺小，想動彈一下都不得，好像他被擺好應該側身面對牆睡。他十分清醒，慢慢地在闇氛中，看到潮濕的牆壁的水汀，映著側面入口的陽光，一個珠一個珠緩緩地往下蠕動，此刻，在最沒有時間觀念的他，也感到時間的腳步的急促。明天，很快就來了。有沒有殺人？明天就可知道。憨欽仔是一個絕對迷信的人。以往他一直深信神會保佑他的，並且就一直平平安安地給保佑過來。他想，所有廟裡神的聖誕，都是由他前一天就打鑼通知全鎮的善男信女。迎神賽會、神明出境遊行，也是由他掄動結了紅緞的鑼槌，走在前頭噹噹地敲鑼開路。「幹×

娘，現在連這個例都絕了。」眼巴巴地看到一個傳統，像一個巨像倒下來，而且是從他的手裡，他感到十分罪過似的。然而，他只能向那個不明白的原因咒罵一句「幹你娘」罷了。

潮濕的牆壁的水珠，因為入口消失了陽光，已不叫眼睛看到了。嗡嗡的蚊聲在他的耳邊縈繞，像鑼聲的餘韻，像床底下拿來當雜盤子用的鑼在鳴響……。噹！噹！噹！鑼在烈日底下響顫。拿著鑼槌的手不住地揮汗，他撕喉叫喊，汗水的鹽分扎他眼睛，挨打的鑼面躍著金針扎他眼睛。他撕喉大聲叫吼。他再吼還是聽不見自己的聲音，汗水不斷地冒出來，再試試，行人的面孔，很大的一張一張地壓過來。他疾跑，很多人默默地追他。他跑不動了，鑼抱在懷裡蹲下來，露出整面的背。背涼涼的，回頭什麼都沒有。牆壁上的水珠仍然看不見。他聽到心在跳，好像想衝出來地撞擊著軀殼。

他拉衣服拭汗，一邊就那麼躺著地瞄透氣孔。它原來就是煙囪，被拿來埋在很厚的土堆裡，就變成這個洞裡的透氣管。很奇怪？不管雨下得多大，雨點從不從那裡掉進來。有時憨欽仔會用一塊磚把管口蓋住。今天沒有，他看到透深的藍圓碟靈活地在一團漆黑中，跟憨欽仔的眼睛的角度移動。如果他能看到一顆銀亮的星，走進圓碟子裡面，也就可以知道過好久才是天亮。他沒看到什麼，透藍的圓碟在他上頭，隱密地浮動著。他不為那一點隱密誘惑。他面牆側臥，想著明天。「一群討厭的豬。」打呵欠，眼油跟著冒出來。他閉眼把眼油擠掉，就不想再睜開眼睛了。「幹×娘咧！一群豬！」大呆嗯嗯的笑聲迸出來了。「該死的傢伙。」阿博烏髒髒的凸肚臍。「呸！」火木的眼窟，那個蹲下來就碰地的脫腸包。狗啃剩的臭頭，流鼻涕、爛耳朵的都有。「一群豬！」他把腿縮上來伸手去抓癢，「以前從來不知道什麼是疥癬，人一倒楣什麼都相識。」他彈著指甲。打呵欠，把眼油擠掉，口裡巴達巴達地弄響，吞一吞，「但願我沒殺死他。」洞裡很悶熱，他應該可以睡在進口那裡，現在那裡擺著幾把竹掃帚和畚箕。「該死的人！」他曾經向打掃公園的人商量，把工具放在裡頭，人睡出來，只有熱天這樣。他們說不睡就出去，他們要弄一個門加鎖。「誰說不睡！該死的人。」他又打呵欠，「快睡啦！」

像在哄小孩。他翻過來，透藍的圓碟子還是空空的，他把全神貫注耳朵，「該死！一定還早。」只有蚯蚓、青蛙、噴水池的水聲交織。突然心裡歡喜起來，「現在不是一更就是二更，這個時候不該聽到公雞啼，古時候的人說：『一更二更報死，三更四更報喜。』那就對了。」經他這麼一推想，「我沒殺人吧，我沒殺人。」他又看看藍碟子，轉來轉去還是不見那顆星，「是一更吧，不然就是二更。沒有吧，半聲的公雞叫都聽不到。」他面向牆壁側臥、打呵欠、閉眼擠掉眼油、嘴巴巴達巴達地舔了幾下，吞一吞，眼睛不再打開了。「快睡，天快亮了。」但是他卻興奮得不能入睡。幾天窮追著他的番薯和欠帳的事，一股腦就丟掉，好像那並不重要。「不要到明天。我現在已經知道我沒殺人啦！我本來就不是歹人。」他在心底裡歡呼著，「即使明天真的有人去買棺材，那也不能證明我殺死了那個人。一更到二更都沒聽到公雞叫。」在欣慰中升起輕輕憂慮。「是沒聽到公雞叫啊！我一直醒著哪。」他又很注意地聽。蚯蚓和青蛙的聲音好像沒有了，噴水和樹梢的風聲，使他感到透涼。「我要睡了，公雞要叫就叫吧。」他打著呵欠，「反正現在不會是一更二更了。」就在他這麼想著安慰自己的時候，遠遠地，隱約地可以聽到雞啼。他愣了一下，又一聲更近的回應。他翻過來看透氣孔，而那透藍的圓碟，正托著一顆銀星，憨欽仔對著它微笑。這樣的星，在接近黎明的時辰，傾瀉著寒光，顯得更為晶亮。「又來一個人了，」長長地嘆口氣，「我怎麼不會老？」他淡淡地笑著，像一顆流星。

在這黑壓壓的洞裡，現在連細微的思想的喘息，也停止了。他的呼吸均勻地和黑暗和靜息連牢得分不開。這是他最幸福的一段時間，所有的怯懦、自卑、內疚、矛盾和苦惱，都滲出他的心，溶在黑暗中，叫他回到原始，回到母胎，和誰都沒分別，就因為這樣，他什麼都不知道。

喜訊

天亮時，掃公園的人進來拿工具，回來放工具，他都聽見了，只是舒服得懶得起床。他想就這樣能再睡一會兒，省得這麼早就洗臉，省得想辦法弄一頓飯吃。還不是吃番薯。便又不怎麼急，暫時禁在肚子裡，到中午過後又省了兩餐。他不由得笑了。

哪知道這麼再一睡，竟過午得晚了。他坐在床沿發呆了一會，彎身到床下拿放在鑼底的黃殼子，因為他把每根菸剪成兩半儉抽儉用，所以還有一包的樣子。他順便看看鑼，它那麼認命地伏在那裡，隨便任憨欽仔放幾根大小不一的老鐵釘，一個撿來的大紅釦子，一團細繩。菸有點發潮，吸起來有些滯重。他想該到茄冬樹下去看看。他拿了兩根半截的菸，在兩邊耳朵的上面各夾一根，走出洞外，把掀起來的斗笠葉重新塞在線底下，戴上去就走了。

當她遠遠地看到茄冬的華蓋，已經聞到樹下異樣的欣喜。當他走近得可以看見他們的時候，竟沒有一個人坐在地上，或是躺著的，八九個人都站起來議論著什麼。同時他們也有人看到他來。他們的臉一下子就像被吸過來似的。「來啦，來啦。」憨欽仔機警地，把腳步放慢，儘量不讓腳步踏出聲音而擾亂聽覺，一方面還要不叫他們看出來他在提防什麼。他細察著，看來他們的群起，並不為什麼公憤。另外他還看到有人向他招手，那一隻招換的手，顯然地可以觀察到，那完全喜悅的律動。這時憨欽仔才放了心，加快腳步走去。

「喂！憨欽仔。……」在十步遠的地方狗子叫著。

「噓！」臭頭警告著狗子，背著棺材店，偷偷地指，「小心他們知道。」

迎著一夥人的笑臉，憨欽仔插到中間，馬上被包圍起來。臭頭說：

「憨欽仔，你成功了！」

「幹×娘哩！」倒不是咒罵，相反的是讚美，這夥人已經把這句本來是辱罵，活用得廣泛了，「虧你想得出來。楊秀才死啦！幹×娘哩！」接著打憨欽仔的肩膀。

憨欽仔挨打的肩膀放低，用手誇大地撫摸，「唷！瘋了。嘖嘖嘖。」他笑著。他想：也好，就讓他們以為我建功勞吧，反正我自己明白，楊秀才絕不是我殺的。一更二更我都沒睡，我沒聽到半聲的雞啼。他順著被欽佩的來勢說：

「你們早就該這麼做了。還讓他挨餓。」

「就是說嘛。」

「其實每個人都知道用掃把頭敲棺材叫生意，就是沒人想去做。」

「誰會想到？我們還以為那是棺材養的事哪！」

火木說話之前，一定得先把凹眼窩往裡收，然後搒著頭說：

「是啊！憨欽仔就想到啦！」

「那還用說。」那脫腸包的手一劃，「我們都是蠢大呆。」

大家都笑了，好像沒有一個人有異議。

大呆一聽到大家都是大呆，他高興得嗯嗯地嗯個不完。

他們全都坐下來，對憨欽仔的欽敬給收在心裡，把耳朵豎起來，聽臭頭分配工作。其實他們的工作都是差不了多少，單單在廚房工作的人，在吃的方面可以占到一些便宜。

「上次，」臭頭一時想不起來了，「上次我們在哪裡？」

「就是德旺的女婿被柴壓死。」

「不是，」火生說：「還有一次。」

「對了，市場賣魚的溪水的母親死的那一次。」

「不是！那更上面的一次。」狗子說。

「怎麼不是？那一次魚最多了。大呆被海鰻的刺鯁得死去活來，我記得最深了。」火生說。

「愛辯！」狗子的口水濺得遠遠的，「說不是就不是，真氣死閒人！」

「好了，好了，你們兩個要搶就到邊邊去。」臭頭有點生氣。「幹×娘，幾天沒吃白肉，大家都餓傻了。」

大呆在一邊自言自語地說：

「阿尾哭得哞哞叫，嗯嗯……」

「啊！對了，西門阿尾的太太死那一次啦！」

「對！就是阿尾的太太死這一次。」臭頭的臉笑了，大家也都想起來了。「噫！大呆今天不呆嘛！」

大呆又樂得嗯嗯笑。

「阿尾的太太死這一次，輪到誰和誰在廚房？」臭頭的眼睛掃了一圈，「誰和誰嘛？自己總是記得最清楚。」

還是沒人回答。大家我望著你，你望著我愣著。

阿博突然叫起來說：

「金鐘你啦！」

「我？」那個指著自己，露出相當受委屈的臉，「是我？」

「就是你，還要賴！」阿博瞪著他，「嘴裡塞滿魚丸話都講不出來，有沒有？」

「啊──」他尷尬地說：「我脾氣不好，我不和你辯了。」

誰都可以看出來金鐘是認了。

「幹你三代哩！大囊包！你想再到廚房？你不怕你的脫腸包被割去當肚子炒？」臭頭叫嚷起來。

金鐘口裡喃喃地咒詛，「大囊包，要就給你嘛！」他說得很模糊，連坐在他旁邊的人也沒聽清楚。

憨欽仔坐在那裡，一方面聽他們講話，一方面細細地推敲楊秀才之死，和他昨天用掃把打棺材，是不是連在一起？怎麼想都不會是他了，所以他也想說話。

「喂！各位等一下，我憨欽仔有言在先，目前我還沒找到適當的工作，想暫時和大家一起生活，一旦我找到工作，我馬上就要離開。你們知道？是暫時的，說不定明大就走。因為是暫時很難料。」他一再地強調暫時兩個字。

「就怕你不願意，沒問題。」臭頭說。

「在我們這裡也不壞。」

「噢！不！我說過了，我是暫時性的。」憨欽仔拚命搖頭，好像什麼沾在臉上要把它搖掉。

「是啊！人家有什麼好地位，總不會老待在這裡的。」

「說一句良心話，我們這些兄弟倒是很喜歡你在這裡。」火生的意思也是他們的意思，他們笑得很溫和而親切。

「不，不，不，我說是暫時的。到時候我走了，大家不要罵我無情就好。我說過了，是暫時的。」這下子他得意了。他覺得面子夠大了。

與世無爭

一夥人來到楊秀才的大瓦厝，憨欽仔停留在後頭頓了一下。「他本來就要死的，不是我……」他默默地安慰自己，但是心裡難免有些害怕。他實在不願走過大庭，不知道怎麼地像是半推半就地走了過去。本想別開臉的，亦不知道怎麼被扭轉過頭去看楊秀才的像亭。楊秀才的這一幅像是用畫的。其實鎮上唯一的那一家畫像師，早就畫好了許多沒有臉的像擺在那裡等。楊秀才的這一張像，就是後來再由那個畫像師，把楊秀才的五官拼湊上去。不能說像不像，說不定年輕時或是更老以後，多少總可以看出一點樣子來。憨欽仔看到他那一對與世無爭的眼睛，心裡放鬆多了。甚至於敢停腳看個清楚。怎麼看還是眼睛離不開眼睛，仍然是那一對與世無爭的眼睛。他雙手合十，向楊秀才的像亭拜了拜，「楊秀才，你好福氣。請多多保佑我。」

聽說楊秀才他們自家手足很多，不需要僱人幫傭多天，臭頭他們都蹲在屋簷下，等著出殯的時候拿各種道具。他們小聲地咒罵著，其中咒罵得最臭的是狗子和火木，他們被編在廚房工作，本想楊秀才是鎮上的望族，排場必定很大，所以多加了一個人幫忙。當然想再加一個，狗子卻極力地反對，他說兩個已經夠了。誰不知道狗子在緊張什麼，這一下子被擋開了。他氣憤地說：「有錢人乞丐生命！」

憨欽仔不願和他們蹲在一處，他怕這裡這麼多人出入，蹲在那裡叫人看到了，不知道別人會怎麼想，自己卻先難過起來。他在大瓦厝的厝前厝後走動。子弟班，吹鼓陣，還有乞丐，他們也都在附近的地方等著。他也看到白癡的瘋彩孤獨地站在垃圾堆旁無緣無故地笑嘻嘻。他走過了幾步，又回過頭來看看她。「幹×娘，多可惜。」以前他在打鑼的時候，每每看到瘋彩就這樣想。但都是很快地掠過去。他走得稍遠一點停下來，偷偷地看她。瘋彩確實長得有幾分姿色，白皙的皮膚，長長的腳，挺俊的乳房，圓熟的臀部，「那一對眼睛才勾魂哩！」憨欽仔佯裝看看別地方，馬上又注意著瘋彩。「今年夏天像吹氣，一下子長這麼多。當時我就知道瘋彩長大會美麗。」他的喉嚨有點乾裂，想吞吞口水，竟連一滴也沒有，心裡又癢得不自在。「幹×娘。」咒了一聲，像忍痛什麼地走開。

子弟班有人咿呀咿呀地調弦，哇啦哇啦地試著嗩吶，鑼鼓也被點了幾聲，四周似乎都逐漸地騷動起來。憨欽仔來到屋簷下，告訴他們說：「大概快出發了吧。」

「楊秀才的腳健，棺材也要自己扛著走。」臭頭滿臉不高興。

憨欽仔看在眼裡，覺得好像臭頭在怪他敲到楊秀才的頭上，是千不該萬不該的事。「到底怎麼啦！」他硬直喉嚨，但並不很大聲地說：「總比沒有好吧。」

沒有人懂得憨欽仔的意思。靠在他們背後的是粗布的彩旗，紅、藍、白都有，因為楊秀才是五代同堂。這些尺許寬的長布條，頂端用比布寬些的竹枝張著，結在一根竹尾留有竹葉的長桿，直條條地垂下來，他們的外表就和這些彩旗一般的木訥無力。

憨欽仔隔一條路就蹲在他們的對面，還是不習慣公然地和他們一起拋頭露面。但是隊伍快出發了，不敢跑遠，恐怕分不到彩旗，連錢也拿不到。他想不出他們有什麼事值得那麼惱火，就算是一出殯就了事，至少也有兩餐飯吃，還有錢拿。省吃儉用嘛這一點錢也夠三天不餓肚子，三天以後還怕沒人死翹翹？這有什麼不好？「呸！一群豬。」

獨眼的火木劈著頭走過來了，大囊包的金鐘和狗子也跟著過來，坐在憨欽仔的身邊，他的心正像坐在另一邊的蹺蹺板，當他們坐下去，他卻站起來。他焦急著。無奈他還怕傷人的自尊心，只好挨坐不動了。阿博和火生也過來了。

「就憑這一爿大瓦厝，對我們討吃的也不應該這般寒酸啊！」那凹眼窟的眼皮竟然顫得厲害，「大望的楊秀才死，倒不如市場底溪水的母親死。」火木說。

「就這樣子把楊秀才抬出去，當邊的人是會品評的。」狗子把臉湊到憨欽仔的鼻尖，憨欽仔一點都不為所動。「誰不識楊秀才？」

「我看這是負責的人不好，我們不能怪楊秀才。」停了一停。「憨欽仔，你說是不是？」大囊包說了說，伸手到底下扶一扶。

憨欽仔笑了笑，一直都沒說什麼。

「這不只丟楊秀才他們的臉，連我們羅東人也會被五十里外的人笑。」這一次火木的頭劈得更起勁。「瘋了！現在的少年人做事情都不考慮後果。」

「時機歹歹，錢在人家口袋裡，人家愛怎麼就怎麼，誰管得了？」

「你這個博仙，」火木劈向他：「話不是這麼說啊！要是想和人站在這社會，事事項項都得跟人陪隨。」劈向憨欽仔，眼窩的眼皮頻頻顫動：「憨欽仔，你站在公邊，你說我說得對不對？」

憨欽仔笑了笑，望了一下火木似乎能說話的單眼。火木覺得憨欽仔這一笑是在支持他，竟而變得特別多話了。他們在爭辯，憨欽仔一個人在想。他想存些錢正正當當地把瘋彩收留下來。他遠遠地看到瘋彩站在那裡，心裡癢得坐立不安，同時亦莫名地想笑。憨欽仔耳邊拾遺地聽到，「差得遠哪！要談社會，你一輩子妄想，只有兩隻眼睛的才有資格。」阿博站起來，學著火木劈頭，一邊走回屋簷下，和臭頭他們一起。

臭頭連看都不看阿博一眼。阿博還沒坐下來，火生責怪著說：

「你回來幹嘛！」阿博沒聽懂這句話的意思，大搖大擺地坐下來，火生瞪著他，再用彎臂頂他一下，「這邊不用你過來！」

「幹你娘哩！一目惡過兩目。」他還是沒懂得火生的話意，「社會，社會，會社咧社會。到底社會較大，或是會社較大，你知不知道？」停了一下。其實他也不知道。「要知道我白白教你好啦。我的鳥最大！」兩隻空手，從底下往對面一插，火木的氣勢已經奄奄一息了。

火生忍不住笑起來，再用彎臂撞一下，阿博回過頭來看，火生的語氣已不帶勁了。

「你回來幹嘛！」阿博來不及思索，臭頭說話了。

「以後再對憨欽仔扶扶擁擁，就不要過來了！」阿博傻了。「你好歹人要分明。」臭頭望著對面，執著原來的坐姿冷漠地警告。

「憨欽仔是一個有陰謀、有野心的人。」火生在說明他們和臭頭分析憨欽仔的結論給阿博聽。阿博咬著下唇，斜吊眼不斷點頭。「所以啊，你不能被利用。大囊包、獨眼，他們要去就隨他了，那種人我們才不稀罕。」

「對！他是有陰謀的。」阿博說。

「沒陰謀？一來這裡他為什麼不和我們在一起，獨自一個人東走西走地幹嘛？」火生說。

「真的！我也看出來了。剛剛回到我們這裡，還不是不和我們一起，自個兒跑到對面。」

「那你去和他一起做什麼？」

「我本來想去聊聊天罷了。」

「眼睛張大一點。」
阿博頻頻點頭，大呆在旁嗯嗯地笑。臭頭目不轉睛地望著憨欽仔，火生討好地說：
「你看憨欽仔，他現在不知道在動我們什麼歪腦筋？」
「你怕他？」
「有你老兄在，怕他？怕個鳥咧！」
他們好奇地順著憨欽仔的視線望去。
「喂！」火生用兩邊的臂彎碰臭頭和阿博，「我看出憨欽仔在動什麼腦筋！」
「我當然知道。我一直在看他，我還不知道？」臭頭的眼睛緊緊地盯著憨欽仔。
「我也看出來了。」
「看出什麼？」阿博問。
「你看憨欽仔瘋了。」
「該殺的！他在打瘋彩的歪腦筋？」
「知道啦？」臭頭冷冷地說。這幾個人的心隨著不安起來。他們不再看憨欽仔了，他們也和憨欽仔一樣，兩隻眼睛牢牢地咬住瘋彩不放，每個人的心頭升起一團烈火。

拿出法寶來

楊秀才的出殯行列，從引發到送葬的人，約有三、四十間店舖那麼長。憨欽仔在彩旗班裡面，舉一面曾孫輩的藍色彩旗，緊接在他後頭就是楊秀才的像亭和壽棺。喪伍緩緩地向鬧區行進，據説要遊幾條街道，憨欽仔的心裡一直著慌。這樣的走法至少也要經過石頭、永祿、仁壽他們的店。萬一被看到了，真幹×娘哩！我憨欽仔豈不栽慘？那薄薄的旗布，乾脆就蒙住臉，還是可以看得很清楚。他開心多了。走啊走，心裡又掠過一陣憂慮，馬上回頭看看像亭的楊秀才。看到楊秀才的那一對眼睛，仍然是那麼昏瞇與世無爭的老樣子。「我就知道與我沒關係。」他又回頭看看。「楊秀才，順風啦。」

當喪伍朝天地盤過來的時候，雖然整張臉都蒙在旗布裡，透過旗布，憨欽仔在熙熙攘攘的人頭背後，看到仁壽的店，接著在人頭裡看到仁壽穿著背心，雙手交叉在胸前，露出結實臂肌在陽光下發亮。「該死！」他暗暗地叫屈。現在距離仁壽還十多步遠，糟糕的是，他走的是和仁壽同一邊。仁壽的眼睛向他這邊望過來看楊秀才的像。憨欽仔很怕被他認出來。這時他心生一計，馬上佯裝跛腳，一步一搖地走，在身邊的大囊包驚訝地望著他，一時連話都問不出來。他已經來到仁壽的面前了，他閉著眼唸唸有詞地：「土地公、媽祖婆請您保佑憨欽仔平安無事。」眼睛一睜開，嚇了一跳，自己竟走出隊伍，引起路人一陣笑聲，驚嚇得佯裝跛腳也給忘了就跑回原位。「嘖！嘖！該死！」他想仁壽的眼睛釘在背後，一陣抽縮整條背脊都涼了。他很懊悔佯裝跛腳的事，現在想糾正過來，沿街都站滿了人，有幾次下決心想糾正過來，卻少了剛看到仁壽的那一剎那的果斷。

「憨欽仔，你的腳怎麼了？」大囊包憋不住地問。

「該死的腳抽筋啦！」

「嗯！倒八輩子楣的腳。」大囊包的眼睛，從憨欽仔的腳移到他的頭部。「你幹嘛蒙臉？」

「你不覺得今天特別熱？」他還是蒙住臉說：「這樣可涼爽多啊！」

「實在熱死人啦。」大囊包也把臉蒙起來，「嗯——是涼多啦。」

沿途喧天的子弟戲班，吹鼓、十音，加起來一、二十種的每一樣樂器，如雙人抬起來敲的大銅鑼、大鼓、皮鼓、鐃、鈴、嗩吶、三弦、胡琴、笛等等都盡興開放而匯成吵雜的洪流，沖激每一個人的耳朵。憨欽仔很輕易地聞到被壓得很低的，在前頭引發的吹鼓班裡的那面鑼的嗚咽。只有那一面鑼和現在憨欽仔放在床下的是一類。他聽著，他想著，就這樣子，那嗚咽的鑼聲忽然亮顫顫地響起來，溶入過去的回憶裡：

嗆！嗆！嗆！

打鑼打這兒來——

通知讓大家明白——

明天下午兩點啊——
埼頂太子爺要找客子呀——
順時跳過火畫虎符——
噹！噹！噹！
列位善男信女啊——
到時備辦金紙炮燭——
到埼頂太子爺廟燒香參拜啊——
噹！噹！噹！
列位愼足聽唷——
不乾淨的有身孕的查某人不可去呀——
帶孝的人不可去呀——
噹！噹！噹！
去的人每人虎符一張贈送——
拿回來貼門斗保平安啊——
噹！噹！噹！

「要不要備辦牲禮？」女人問。

「有當然更好。不過，以前沒向太子爺許過願的可以不必。金紙炮燭就行了。」

「用四果行不行？」

憨欽仔被附近的女人圍起來。

「當然，四果清茶都好，但是清心上要緊。」

「還在坐月內行不行？」

「喔！月內也算是不乾淨啊！不行，不行。」

「你說是兩點？下午的兩點？」

「明天下午的兩點。」憨欽仔的頭忙著轉來轉去回答那些女人的問題。他想如果不快點走開，這些女人越圍越多，一樣的問題要問好幾遍。他噹噹地把鑼敲響，前面馬上開一個缺口，他走了，自然有人樂於留在那裡，把太子爺的消息，當著權威傳達給後來的人。噹！噹！噹！在一樣的大太陽底下，暑氣還在增高，過去的回憶又溶出現實，從旗布後頭看出去，站在路邊看熱鬧的人，每一個人都是那麼面熟，他可真怕人看到他在舉彩旗。長長地嘆一口氣，心裡的那一股感慨，化成一塊人石沉甸甸地壓著。

「金鐘。」憨欽仔叫他。大囊包早就不再跟他用旗布掩臉。「你看過我打鑼嗎？」

「見——過。當然見過。」為了不擠痛脫腸包，他把雙腳擺得開開地走。

「你覺得打鑼怎麼樣？」

「我就想不通你為何要放棄打鑼？」金鐘側臉看看他。憨欽仔已經挨近他碰到肩膀。

「至少打鑼比舉彩旗神氣多了。」

「你說神氣多了？」憨欽仔背地露出曖昧的笑容，連看看金鐘一眼都不敢。

「是啊！我實在想不通你為何要放棄？」

憨欽仔慘淡淡的笑聲，更叫金鐘想不通。

噹噹的鑼聲虛虛實實地飄浮在炎炎的熱波中，一陣一陣向憨欽仔撲過來，一直到所有的陣頭，都被留在街尾油間那裡，讓棺材直奔公墓的時候，和所有彩旗班的人蹲在赤榕樹下休息。臭頭乾咳了幾聲說：「幹你娘咧！我們全齊了。臭頭、爛耳、瞎子、脫腸包，再加上跛腳的，還缺什麼？」這時，憨欽仔才猛然醒覺到手上握的不是鑼槌。「還有我大呆啦！嗯嗯……」大呆補了這麼一句，引得大家笑得快活極了。而憨欽仔卻被這團笑聲孤立在一邊似的，沉滯在眼前的情景所引起的創痛中，撫慰也無法撫慰地，不停地做著那失去意義的自憐。他苦惱著，心裡想掙脫這種創痛，只好唾棄他們，這般的話，他們的一舉一動，他們的有意孤立，總不至於引發他隱隱作痛。「一群豬都不如的羅漢腳！」他在心裡咒詛著。然而他們的笑聲叫憨欽仔很不自在。他舉手揉揉胸脯，以討憐的語氣說：

「狗子，你們把我打傷得太厲害了，現在還痛哪。」說後還要在心裡咒詛一下，「一群豬都不如的東西。」

「怎麼？不是把你壓跛足了？」臭頭故作認真地問。

「全身都痛哪。」

「狗子，他說你頭把他壓得全身都痛，以後輕一點啊！狗子、火生。」說著臭頭滿得意地點著頭，又激起旁人一陣由會意而爆出的笑聲。

不管怎樣，能和他們吵吵架，總比冷在一邊好受。憨欽仔這裡扯一個話題，那裡拉一個話題，到頭來都是不了了之的無趣。在慌張之餘，突然想到幾則黃色的歪談，才化開了他的窘困。最後聽到臭頭說：「憨欽仔，鼓吹回來了，你的故事還有多長？先做一個結，下次再講吧。」尤其是下次兩個字，令他暗自歡喜。他站起來做個結說：『當然，你們都會知道，一雙三寸金蓮倒過來揚在草叢上，一忽而上，一忽而下地，她的先生見了，心裡高興地喊：『阿蜜！我捉到火雞啦！我捉到火雞啦！我看到火雞的頭。』』他們興致未盡，雖然跟著站起來拿彩旗，尾隨急急忙忙想趕回楊秀才家吃一頓的吹鼓班的後頭，阿博、狗子他們幾個，還想擠掉大囊包和憨欽仔排在一起，想多聽一點這一類的故事。他們還一邊留神臭頭的顏色。

「憨欽仔。」臭頭在前頭回過頭來，笑著說：「這幾個人向來就留不住錢的，你再這麼一說，明天他們還是光溜溜一個。」

阿博他們聽到臭頭不在意他們和憨欽仔在一起，於是大囊包被擠得直嚷：「怎麼？你愛聽，我也愛聽啊！」憨欽仔的心裡又暖和起來了。他嘴巴咧得那麼開，而笑得連一點聲音都沒有，像是這樣的一張臉硬被印在陽光裡一樣。

噩夢

過了一段平淡無奇的日子，正如憨欽仔自己所記得的，稻都割第二遍了，連夢都不曾有過。天天都是同一個模子鑄出來似的，天一亮，簡單弄一點吃吃，到茄冬樹下，去吃白肉，吵吵鬧鬧，和和好好，心裡的怨愈結愈深，僅有的幾則歪談也吐得乾淨，不用見他們白眼，或是聽說什麼，憨欽仔自己也感到，在這圈子裡漸漸失去了什麼，不要再隔多久，如果再這樣下去，這地方有沒有他都沒什麼分別了。他說，有什麼辦法？生來這一把硬骨頭，叫我憨欽仔去扶擁人家的囊包過門檻。辦不到！臭頭算老幾？給我洗腳都嫌他賤。他實在氣不過了，愈想愈凝心，每次輪到幫廚，臭頭他們就說他不是在額的，就往下一個跳，樂得阿博每次幫廚回來，故意在他的面前向別人說，哇！精肉這麼大一塊。還用手那麼一比。又說，蘸一點醬油，蘸一點蒜泥，一瓶晃頭，呵！真幹×娘咧！如果天天這個樣嗨！誰知道?!說著眼睛卻不停地向憨欽仔勾。呸！憨欽仔想，這些豬胚養的，這一點騙嘴就說，嗨！誰知道?!幹×三代，本大爺打鑼的日子怎麼過也不到帝爺廟前的露店打聽打聽，一塊精肉就想誘死我憨欽仔？真笑破人家的嘴。當時，一走到帝爺廟前，松根、阿森、義德他們就是憨欽仔長，憨欽仔短地這樣招呼。這裡叫，憨欽仔，酒已經給你溫了。那裡喊，憨欽仔，這裡給你留一副鵝肝。哼！誰都替我做不了主，我興趣來了，說不定想吃鯊魚皮哪！

嘡嘡嘡，好像腦子裡面什麼時候，給裝了一面鑼，動不動就自個兒嘡嘡嘡地響。在這樣的三更半夜，震顫得叫人坐立不安，耳鼓裡嗡嗡地鳴著。他坐了起來，把神經拉得細細地轉動眼睛，張望烏漆黑的四周，欲瞪穿一個洞瞧個仔細。他感到緊緊地被壓迫過來，而漸漸地察覺到那壓迫感的來源，即是四周的空氣凝成烏漆黑的硬塊，將把自己凍結在洞內。困難的呼吸一波一波起伏地喘著，終於在極其複雜的情緒的深處，激起本能的驚慌，令他瘋狂地從竹眠床彈跳起來，響了一陣嗶嗶剝剝的聲音，像那凝固了的空氣裂了痕，兩隻空酒瓶倒下來的聲音，清脆地從裂痕逃遁到黑暗。他顛顛倒倒地衝到洞口，兩手分開扶在兩邊的水泥，大聲吆喝，來吧！臭頭有種就來吧！統統都來吧！幹×娘咧！他的頸子吃力地支撐一直往下勾的頭，一忽兒卻清醒地感到外頭入秋深夜的透涼，一忽兒腦海裡又交疊出現茄冬樹下那一夥人的臉龐，尤其是一對一對冷冷的眼睛，任憑他怎麼拂也拂不去。我說來吧！你們沒聽到嗎？有種就來吧！那一夥的眼睛，淺淺地激起笑紋貼在眼尾。

「如果你們不相信，我也沒有什麼辦法。不過你們不要這樣看我，最好你們能說話。要痛快嘛，就罵出來。」

他們懶洋洋地隨便坐在那兒，只是眼睛冷冷地望著他，偶爾他們互相對視一下。憨欽仔看著每一個人，但是他找不到，連一點的善意都找不到。

「瘋彩在市場的豬砧下給開採的事，是大家都明白的。我只是可憐她。」他露出不能叫人了解的困惑，「這叫我怎麼說？她實在是可憐的。」

其餘的人都望了望臭頭，臭頭回他們笑臉，大家又冷眼對他，聽他自己滔滔不絕地說：

「我知道你們為什麼疑心我，你們以為經常吃白肉時就裝一盒飯菜給她，並且還偷偷摸摸地做。說了你們不會相信，我只是可憐她。」他看到他們又在用眼色交談的神情，接著又說：「可是，我因為很怕你們誤會，所以我才偷偷摸摸。我憑良心說話，我對天發誓，要是我和瘋彩有染，馬上叫五雷殛頂。」

儘管他說得怎麼激動，將心肝都剖出來，那些人的那種眼色的交談更顯得叫他覺得不是滋味。

「我真的沒做那種賤事！」他在他們那始終帶著懷疑的眼色，覺得一直一層一層地被逼供著。他說：「你們一味要我承認。但是，」由於難言的停頓，一時令這些人緊張了一下。最後他羞怯地說：「如果，單單說是想的話，我，我是一直那麼想，但是，一到時候，一見了她，見了瘋彩，我就害怕地逃開。就說提飯去給她，去的時候也是想得厲害，但是一見了她，我就是把飯放在地上，掉頭就跑。我是想她的，我是想她的，」那聲音模糊而帶一點泣咽。臭頭他們笑起來了。他覺得還沒有被相信，他再舉個例，「前天晚上，很晚了，瘋彩一個人走進公園，那時起碼也有十一點，公園裡沒有人了，」憨欽仔的聲音突然變得很清楚，態度非常認真，那些人的臉色，像被鬼故事的妖氣懼住，凝注全神，一個字一個字不漏地聽他說：「當我遇到她的時候，我實在又驚又喜，我仔細地看著四周，實在看不出有別的人。我說瘋彩，你跟我到防空洞那裡，我送你東西吃。她真的默默地跟我走到防空洞。我真的想她，我再看看四周，實在連一條狗的影子也看不到，」講到這兒，他們都同時很不安地動了動身體，好像不快一點獲得結果，再這樣憋下去就要爆炸似的。「你們也知道，瘋彩的肚子雖然挺出來了，她仍然叫人想的。我一再地注意有沒有人在附近。瘋彩好像也知道我想做那種事，但是她一點都不反對。我想她也需要，她是有過經驗的，俗語說男暢三女暢七。當我知道附近確實沒有人，我，我伸手去抓她的手臂，我像觸了電似的馬上把手縮回來。我發誓，我想她想了那麼久，前天晚上才第一次碰到她的身體。」那些人露出述說不夠詳盡的批評的顏色。

他又說：「我又害怕起來了，我叫她回去，我趕她走，她不但不走，還自己走進防空洞，害得我在防空洞的草皮上，眼巴巴地挨到天亮。」臭頭他們聽到這裡，又失望又感到受騙地表示厭惡到極點的，露出像是不屑生怒的顏色。

憨欽仔亦同樣地為他們失望的表情而失望，他叫著：

「想。哪一個人不想？我相信你們也想。我單單止於想，如果說我不對，最多也是前晚只抓了她一把，但是我馬上就放了手。我真的馬上放了手，因為我太害怕啦！」

現在這些人，不只冷眼望他，還在緘默中明顯地現露痛惡。他委屈地呼喊著：

「你們不相信，你們可以叫瘋彩來問。要是我和瘋彩有過什麼，隨你們愛怎麼就怎麼好啦！或是你們押我繞四城門，我自己來打鑼訴罪示眾怎麼樣？」

他們的意思由臭頭從鼻孔哼了一聲做為代表。憨欽仔總覺得那是很曖昧的回答。他苦惱得很，他也弄不明白為什麼需要向他們做這麼多的解釋，他後悔把前天晚上的事說了出來，他後悔說出想瘋彩的祕密，總而言之，他後悔和他們說這些話。

他沽了兩瓶二十五度的晃頭酒回到防空洞裡，重下決心，說不去了。管他明天柯林有白肉吃，喝光這兩瓶好好睡一天算了。他的心靈疲困得喪失了所有的慾望。自個兒躲在洞裡，悶悶地喝起酒來，在他還沒醉倒之前，叮他的蚊子，已經一隻一隻沒吸飽牠的皮囊就先醉落在地上。一盞用一節內褲帶放在小碟上用一支筷子的裂痕夾著的洋油燈，一直不曾晃動地燃到碟子裡的煤油斷滴。

鑼噹噹地響，耳鼓裡嗡嗡地鳴著，儘管頸子怎麼用力支撐頭，還是要往下勾，勾到不能再勾，才能再撐延一下。同樣地，儘管怎麼用心想拂去那些冷眼，它還是要顯現，到一個時候還是叫人感到外頭的透涼。現在憨欽仔變得只能模模糊糊地吆喝。來嘛！望。望又能怎麼樣？有，有種的就過來……。他放開一隻手一揮，整個人就失去重心，往外顛出好幾步，他伏在草地，口裡還喃喃不斷地咕噥著。公園的晚風一陣一陣撫慰著他，他像熟睡在母親懷裡的嬰兒，無聲無息地叫生命喘息。

一條熟得不能再熟的街道在他的面前伸展。一些面熟得失去記名的意義的臉孔，一張挨一張地沿街亮在陽光下，饑渴地等待被公開了的小鎮的一件醜聞。憨欽仔在這樣的面前躊躇著。手裡的鑼竟重得提不起來，小小的鑼槌也一樣地重似巨石。他腦子裡忙著思索死的辦法。他試想了些時，對死亡的知識與勇氣竟然交了白卷。現在他似乎知道，還有比死亡更可怕的。不過這些印象還是模糊地成為一種焦慮的煎迫。他回頭想求饒，但眼望著一對一對大得驚人的眼睛，瞪得叫他張不開嘴。他掉回頭，覺得背後暴露在那冷冷的眼神之下，整個脊梁都抽縮起來。他想唯一的辦法，只有照諾言行事了。在這緊要的關頭，他還試想把訴罪腹稿改動一下。但是，不管改得怎麼簡單，改得怎麼含蓄，也只有這麼說了：打鑼打這兒來，通知叫大家明白，我憨欽仔罪該萬死，誘拐瘋彩通姦……。想到這裡，真想再向他們求饒，或求死。冷冷的眼睛交逼著。他只好硬著頭皮，向前把鑼噹噹地敲響了。他大聲地喊著：「打鑼打這兒來，通知叫大家明白，我，我……」他怎麼也不能講下去，突然覺得難過地驚醒過來。當他睜開眼睛，腦子裡還糊裡糊塗的，全身亦感到虛脫。他還沒弄清楚，他為什麼走到森林裡，慢慢地才弄明白那些橫七豎八地高出他匍匐在地上的眼睛的糯米草，令他一時誤以為森林。清醒過來的腦子，第一個掠過的情緒，是慶幸災難化為一場噩夢的喜悅。但是那種喜悅短暫得叫他多了一層自憐的哀傷。

今天柯林陳大厝底有白肉可吃，聽說姓陳的有十多甲地。憨欽仔不再做什麼決心了。他要先到茄冬樹下去。他在路上想，他們不相信就不相信，反正樹頭站穩，不怕樹尾做風颱。他們那種人怎麼會知道我憨欽仔？他們以為我完全和他們一樣。笑話人家。就於昨日被臭頭他們冷眼的事，已經不再計較了。他聯想著柯林陳大厝的十多甲地，金黃的稻穀，一大堆的錢，喪事的鋪張，白肉的桌上，厚厚的零用錢。如果偶爾掠過臭頭他們的印象，只要心裡一句幹×娘，也算應付過去。拐過南門橋，他又看到茄冬樹的華蓋，想到樹下，吐一口痰。呸！幹×娘咧！

「啊——」狗子像是將他們的話，想做個總結說：「龍游淺水遭蝦戲啦，虎落平原被犬欺啦！」

「什麼話?!」阿博跳起來叫。「這麼說你是承認他是龍是虎啦？我們是蝦米是狗？不會比喻就不要講，你才是狗，誰跟你！」

其他人看著阿博點點頭，也有人連連說：「就是，就是。」

「唉！何必呢？那又何必？我是暫時在這裡是嘛。」大囊包金鐘學憨欽仔的口氣，嘲弄地說著。他看看臭頭，看看別的。他很少這麼高興過，好像過去在他們面前就沒做過一件對的事情。這次他說完了，不但沒聽人罵他大囊包，還看到別人為他的話樂成那種樣子。「我說暫時，就是暫時，知道嗎？」

「不要嘛，不要暫時啦，就留著吧。」狗子馬上演戲似的插嘴說。

但是，金鐘說完不叫人討厭的話，已經高興都來不及，根本就不懂得和狗子做答嘴戲。他抱著膝蓋得意地前後搖動。狗子心裡有點急。火生在狗子的話，還沒死掉接頭的時間，接著學憨欽仔說：

「不行，不行。我說暫時就是暫時，我不比你們。」他把憨欽仔講話時的幾個小動作學得十分，引得大家都笑起來。這些人還時時望望憨欽仔，看他有什麼反應的動作，像憨欽仔那裡有什麼磁力斷斷續續地吸著，叫他們顯得不能自主地來回望著。

憨欽仔自己一個人坐在原來他們一直在一起的地方，而現在這些人卻故意離開他，聚集在隔他三四棵茄冬樹的地方，講些話想逼走憨欽仔。他們的話沒有一句不穿過他的鼓膜，深深地扎在心頭。他想他完了。唯一的辦法就是不管他們歡不歡迎他，死賴活賴賴著不走，看他們拿他怎麼辦？明知道很不體面也罷了。每一陣從那邊湧過來的笑聲，誘發他的好奇心想回頭看個究竟時，他總是在使勁僵挺那似乎不聽他指揮的脖子，尤其是只聽見嘰哩咕嚕一陣，半個話粒都撿不著地，突然爆笑起來的時候，他之用力連脖子亦感到痠痛。他把自己尖尖的下巴，壓在兩個膝蓋峰靠在一起的中間，叫自己好奇不得。他真不知道怎麼去應付這種境遇，有幾次被他們的話激得真想跳起來臭罵他們一頓走了算。但是，連自己也莫名其妙地不知為什麼跳不起來，臭罵不出來。他還是那個樣子，動也不敢一動地蹲著，屁股、腿、背脊等地方都已經痠麻了，漸漸地只剩下腦子裡清醒地充滿了懊惱。他下定決心，如果再聽到令他難受的話和笑聲，這一下子真的要走。就在他剛這樣下定決心之後，只聽見狗子的聲音說什麼「孵蛋」。那邊的人竟笑得死去活來。他剛下的決心才落地冒著熱氣，他馬上自言自語地說：「我才不傻哪！走？正中你們的意思。我就不走，看你們怎麼樣？」他把膝蓋抱得緊緊地，生怕自己不聽話，把下巴也壓得緊緊地，閉著眼睛用很大的精神力量，抵著什麼使自己感到困乏到極點，而勝利的暢快也一陣一陣燙著那創傷的心靈，令他更有勇氣掙扎，令他更加疲憊，同時令他無意識地陶醉在悲壯的英雄感，在原來的地方執著。

又是一陣連刀帶槍般的笑聲，向他戟過來。他想：會不會笑我沒有骨氣？幹×娘咧，管?!我不走又怎麼樣？沒有骨氣就沒有骨氣吧！不！走了才沒骨氣。對！走了才沒骨氣。他把膝蓋抱得緊緊地，把下巴壓得緊緊地，閉起眼睛，耳朵裡噹噹地鳴著鑼聲，每一條街，每一條巷，沒有一張冷漠的臉孔，沒有一對冰冷的眼睛。他覺得喉嚨像嘶喊後的乾渴，同時發覺鬆開的手，左手像提鑼，右手像握鑼槌，微微地晃動著。他即刻制止了這無意識的動作，眼望著左手的大拇指，笨拙地撫摸著曾經一直提鑼，而被鑼繩磨得結一層堅厚的角質皮的食指的內側。他除了苦笑，真是無言以對。

臭頭這一邊，對憨欽仔的排斥，雖然一直站在主動的優勢，然而，看到憨欽仔外表上的態度那麼泰然地執在那裡，不為他們的言語所動，因而他們的心裡和憨欽仔一樣，勝利與挫敗的兩種情緒，一直在交錯變換。所不同的是：一邊先由優勢出發，一邊出劣勢發展，而弄成這種在自己的心裡同等錯綜的僵局。這一點，反而憨欽仔能處在較為冷靜的地位，檢討自己在這種環境裡，到底怎麼從人緣很佳，而到目前落到這種境地。臭頭他們今天施了半天冷嘲熱刺，不見憨欽仔有絲毫受損，無意間，他們的話愈說愈沒興趣，但亦沒有人想做個結，而就順其自然，讓自己的興趣漸漸地倦伏下來。雖然這種情形，並不趨落的整齊，即使狗子、火生、阿博幾個仍熱中譏諷別人為樂。但是，他們的話，再也激不起其他人的心波蕩漾了。於是，自己也漸趨於低落。不過他們還是不放鬆憨欽仔的，除了明顯地孤立他之外，還在每個人的心中，無形地醞釀另一種方式，到時候再加諸於憨欽仔。至少在他們的談話間，憨欽仔已沒有聽到那令他不安的爆笑了。

孤零零地執在那裡的憨欽仔，突然在心裡頭，又翻起另一種新的浪濤，叫他不安。他想如果現在有人來辦喪的時候怎麼辦？是不是跟著去？不去嘛，又何必蹲在這裡修行？站起來臭罵他們一頓走了不痛快？跟著去嘛，又不知道這些羅漢腳的狗心腸，會施出什麼詭計為難？左思右想始終不得一解。他心裡真怕就看到有喪家到對面辦棺材。至少今天不要發生。他默默地祈望著。

一枚茄冬葉旋著飄到憨欽仔的跟前，他像遇到很熟很熟，熟到可以略去所有的客套，有時間就理，沒時間就隨他的朋友似的。懶懶地望了望它，隨著伸手把它拿過來銜在嘴上，用舌頭舔弄，而眼睛的焦距落在茄冬葉，成了一對鬥雞眼，硬按在那一副困乏得鬆虛的臉。他想到他今天的境遇，早在楊秀才死的那個時候，就種下了禍根了。不過，主要的還是瘋彩的關係最為直接。首先就有些誤會，到後來瘋彩的肚子鼓出來以後，情形開始惡化。那真是笑話！他想，大呆就可以，我為什麼不可以？何況我只是想想而已。大呆那抿著嘴的嗯嗯笑聲，一時使他分辨不出，是從哪邊傳過來，或是自己腦子裡的錯覺？

大呆嗯嗯地笑著，「不要嘛，狗子。耳朵裂了。」

「你說！你和瘋彩幹什麼事？」

「不要嘛。幹什麼事？」大呆結結巴巴地說：「我，我給瘋彩，給瘋彩放一泡尿，一泡尿而已嘛。」狗子放開大呆的手，和別人只顧捧腹大笑一場。後來，這一夥人要向大呆尋開心時，只要一手抓住大呆的一隻耳朵，一邊問他和瘋彩幹了什麼事，大呆就說只是放了一泡尿而已。再到後來，有人一把抓住大呆的耳朵，還沒開口問，他就自個兒地說了出來。

有一天，臭頭劈頭就問：

「憨欽仔，你真的沒和瘋彩來過嗎？」

「我？」憨欽仔先愣了一下，接著笑嘻嘻地說：「我只是放了一泡尿而已。」其中先有一兩個人噗哧地笑了一聲，但眼看臭頭和一些人的臉孔都板起來以後，後頭跟著來的笑聲也都給悶死了。本想開個玩笑的，哪知道就從那一天，憨欽仔完全被孤立了。

瘋彩的肚子，已經成了小鎮裡絕大部分人，尤其是婦女們的話題，憨欽仔著實很怕自己的名譽被牽連在一起。因而忍著那一股莫名其妙的痛楚，不再送飯菜之類的食物給她了。但是瘋彩見了他仍舊那樣癡癡地笑著。原來銜在嘴上的茄冬葉，不知在什麼時候，被自己在嘴裡嚼成一團，生澀的茄冬葉汁，一次一次地被吞進肚子裡。他想，一點也不知覺地想：倘若瘋彩肚子裡的那一塊肉是自己的，哇！那可真是的，我憨欽仔下油鍋也情願，我有一個孩子什麼苦頭都該吃。那個沒良沒心的婆子，只要她有一點點的良心，阿輝也有二十出頭了吧。幹×娘咧！有什麼好結尾？討那個漢子殺人，真是現世報。一點也不錯，惡有惡報，善有善報，不是不報，日子未到。憨欽仔所有心裡的冤屈都被燙平了。除了淒涼的孤獨感之外，對那邊傳過來的噪音，已不再關懷。討活的事，天注定了的。誰阻礙了誰，誰就受天罰。他深信著這個報應，他想臭頭他們以後自有應得的報應。一時變得寬舒的心懷，被零碎的回憶激起傷感，沖洗得淨化而失去掙扎的力量。此刻，他的身心才真正地休息著。

「憨欽仔——」一個很陌生的聲音，就從臭頭那邊傳過來。憨欽仔好像猛醒過來，回頭往那裡看，只見狗子將下巴往上一翹，用鼻子尖指著他，向一個穿著整齊的男人說：「那不是？」所有的人和那陌生人，都順狗子的鼻尖的指向，望著憨欽仔。憨欽仔的心裡多少有些驚嚇。那個男人跨在腳踏車上，只用腳向他這邊划過來。

「憨欽仔，你還打不打鑼？」

憨欽仔簡直就不敢相信自己的耳朵，他驚喜地站起來，半躬著身軀，兩隻手不知怎麼好地，一下子放後面，一下子放前面，他小心地問：「你是說——」話沒說完，那人顯得不耐煩地叫，「你到底打不打鑼？」憨欽仔急得一直說：「是是是，呃呃呃！」雖然還不明白這個人的來意，也不敢再問個清楚。

「下午兩點你到公所來找我，有事要你打鑼。」那人煩躁地說：「要你打三天。」

「是是是……」憨欽仔一個是一個點頭，一直點到那個人不見。他想起來了，說到公所，怪不得這人才那麼面熟，以前公所有什麼通知，都是這個人交差事給他的。「我這個頭殼也真是的，連這個人也給忘了。」他目送著去遠了的影子，那種絕處逢生的感激與喜悅，使他有點變曲一些時日的背脊，一點一點地像豆藤在夜裡挺長起來。在這精神的狀態中，丟失一段足夠旁人感到煩悶時間，突然嗅到異樣的空氣，而叫他意識到背後的一大束目光，然而，他的脊梁已不再覺得冷縮了。他乾咳了幾聲，把那些目光反彈回去，然後轉過臉，掃他們一眼。想不到一直忍受他們，怕觸怒他們，迎合他們的氣焰還不算的他們，在現在他看來，卻像一攤死灰，有幾個人的眼睛，不由己地一眨一眨，憨欽仔像作嘔，嘴一張開，積壓已久一直沒消化的怨氣，一團一團地吐出來。

「怎麼？看！看不識？要看嘛就看個飽。你們這些啃棺材板過一輩子的羅漢腳，我可和你們不同！」說著把兩邊的袖子拉得高高地，兩根棍棒樣的胳臂在腰間，擺一個稻草人的架式，突然想到剛講的話，也把自己罵進去了，所以他說：「你們別以為我也是羅漢腳，我馬上就娶瘋彩怎麼樣?!放一泡尿就放一泡尿，怎麼樣?!我愛怎麼放就怎麼放，你們又怎麼樣?!你們只有吞口水過癮的份。」然而，他的心裡還是有幾分怕他們，怕什麼自己不能確知，所以他好像是本能的，和他們保持原來隔三四棵茄冬樹的距離的警戒。

臭頭他們都愣住了?!像一時不小心給人撞碎了什麼貴重的東西，不知怎麼收拾才好。並且在此刻，真正感到啃棺材板的活是有些不體面的（在這之前，似乎沒有過），但這印象只是淡淡地掠過腦際，不經比較的意識，在每個人的臉上，現露出自卑的顏色，亦全屬於本能的自衛，去求對方的悲憫，好逃過什麼災難。

娶瘋彩?憨欽仔自己暗暗地吃了一驚，這話怎麼說?他想向自己和他們解釋，「我……」支吾了半天，我我地我不出話來。後來一心急乾脆就說：「我憨欽仔講話算話，說暫時就是暫時，我沒有你們的狗牙啃棺材板。」儘管他罵得多痛快，剛說了娶瘋彩的話，卻哽在心頭放不下。他實在怕他們把這句話，當作下賤拿來反擊他，「我當然不會娶瘋彩。我是說我娶了她，你們又能怎麼樣?!」但是，一說出不會娶瘋彩，心裡卻馬上又另生一種不安起來。他想娶就娶嘛！生的過癮，養的施恩。生的有別，養的才是爹，管他是誰的種子。

那一夥人，只有大呆是獨來獨往，不管這圈子裡發生什麼天大地大事，他還是愛嗯嗯地悶著聲音笑就笑。但是此刻再也挑不起其他人的笑意了。

憨欽仔心裡想，不能不趕快回去準備一番。鑼面鏽了，也該用灰磨了，鑼槌恐怕找不著了，找到了的話，布頭一定稀爛。然而，心裡十分不甘心這麼便宜就放過這些人，他憤恨地想再罵他們幾句。他想了想：

「以後有空就到我那裡來吧，多的我辦不到，喝喝老米酒，抽一根菸，總不至於有問題。來！大家真的來，我憨欽仔等你們。」他的目的是想反嘲他們一下，這時看到臭頭他們，臉露窘色，心裡也高興起來。他清脆地吐了一口痰，輕盈地一轉身，像一塵不染地走了。他心裡還想，以後真的辦得到的話，在帝爺廟前的露店請他們吃一頓豐富的，然後每個人再送一包黃殼子，看他們難過不難過。

噹噹噹的鑼

「喂！該醒醒了吧。」他探身到床底下，端出當著雜盤子用的鑼。仔細一看，「唷！看你睡了多久了，還有壁虎乾哪！」兩隻眼睛端詳那隻死壁虎深陷而只露兩點小小的白眼珠的眼窩，小心地從盤子裡拿起一根鐵釘子，將死壁虎挑到地上，然後把盤子裡的東西，倒在床底下弄成一堆。這時，他真正地拿到一面生了青青的銅鏽的鑼，心裡頭顫然不已。他一會兒面、一會兒背地將鑼翻過來翻過去，一再用手抹去塵埃，吐一點口水在鑼面，用手指搓搓看，一邊把弄著一邊走出洞外。在陽光下，他重新仔仔細細地端詳，用手指和口水擦搓的地方，微弱地耀著悅目的金光，他想像到金晃晃的鑼，而經常縈繞在腦子裡的鑼聲，又在耳膜裡震盪。「噹，噹，噹，打鑼打這兒來……」他默默地在心裡唸著，「再過好日子給他們看看。真豈有此理，憑什麼看不起我？」他一手拿著一把防空洞上的糯米草，沾著從焚化爐取回來的灰，小心翼翼地磨光鑼面，因為這面鑼提起來的下方，有兩條裂痕。雖經過鍛琢，使裂痕開一粒米大的口，使顫響的時候，不發生裂片摩擦，而影響鑼聲的悠揚。「幹×娘！真番仔殺的。」對這面鑼的兩條裂痕，他的印象猶新。媽祖生的那天，遊境才回來就留在爐主家吃起來。那天晚上一定喝了不少，不然鑼怎麼會掉在一塊踏石上？從憨欽仔開始打鑼，他就不曾讓鑼掉過，提鑼的繩子差不多一個月就換一次的。「真該被番仔殺的！」他一面擦鑼，時而咒詛一兩句，只有他自己知道，什麼被他咒詛。鑼亮起來了，那失落的日子，悄悄地回到他的身邊，那麼熟稔，那麼叫他精神煥發起來。他回憶著過去，為了鑼面的兩條裂痕，怎麼斟酌腕力掄起鑼槌，恰到好處地點著鑼，那聲音仍然和完整的時候一樣美妙，一樣悠揚，而不叫裂痕增長些許。他知道這兩條裂痕的進展，將在中央的地方交會，那時差不多有五分之一的三角形的銅片將掉落下來。過去他一直提防這個結局，今後他同樣需要這般提防。他回味著，手腕癢癢的不由己地動了動。他很清楚地看到自己的臉映在鑼面，他向自己笑笑。

「唉！糟糕！」憨欽仔抬起頭看到有一個人站在身旁看他，他心裡緊緊地扣了一下，「現在是幾點啦？」

「我不知道，剛剛從市場那裡來，我記得看到公所的鐘是十一點半的樣子。」

「有多久？」

「我才從那裡走過來的。怎麼？你還打鑼？」

「我不打鑼誰打？」

「什麼事打鑼？」

「當然有事情！你回去叫大家注意聽。」他看到另外有一個年輕人，從那裡走過來。他站了起來，大聲地叫：「喂！什麼兄！」年輕人轉過頭，「什麼兄，你可知道現在是幾點？」

「我不知道。」他搖搖頭。「我要回去吃中飯。」

「吃中飯？那應該是十二點左右吧。」他自言自語地說著。心裡也寬多了。

他回到洞裡，拿了一團布和舊鑼柄，又出來洞口的陽光下，做一根鑼槌。每當他感到一段時間過去，他就向打那兒經過的路人問時間。一根鑼鎚的布團才編完，他已經問過三個人了。他覺得時間過得太慢了。一時找不到苧麻捻繩子做鑼耳，他想到褲帶子的雞腸帶子，還是前不久才穿的，一定管用。他回到洞裡，將披在床頭的另一件黑布褲子上的帶子抽了出來用。

他想他該吃飯了。但是一點也不覺得肚子餓。他也曾想過茄冬樹下的生活，想過瘋彩，想以後的日子。不過這些思想都被兩點的時間意識，給斬得支離破碎。在兩點未到公所見到那個人之前，腦子裡就不能真正地想些什麼。他準備一點半鐘到公所去等那個人，不，一點鐘更穩！

憨欽仔很早就來到公所的門口，在那裡徘徊著，一個一個看回來辦公的人，他的心裡有些急，眼看差不多所有公所的人都來了，怎麼還不見約他來的人，想到裡面問一問，卻害怕得厲害。「憨欽仔！」突然背後有人喊他，回頭一看原來就是那個約他來的人。他一再地向那人說，他在一個鐘頭以前就來了。那人毫無表情地叫他跟著進去。

「你都準備好了？」

「早就準備好了。」

「鑼沒帶來？」

「我馬上就拿來。」

「免了！」叫他來的人，一直就那麼沒有什麼表情的，而令人感到有點不耐煩似的和憨欽仔講話。憨欽仔很小心地提防著什麼，連呼吸也不敢用力喘氣。「這一面東西，」那個人指著寫滿了字靠在牆上的旗，其實就是用鐵皮做的。「你就扛著一邊打鑼。這上面寫些什麼意思你知道嗎？」他的眼睛第一次正視憨欽仔，憨欽仔強露出笑容，難為情地搖搖頭。「好吧！你就說今年的房捐稅和綜合所得稅，到月底全要繳齊。」

「是，是。我知道，房間稅和……」

「什麼房間稅？嘖！又不是到旅館開房間，」他禁不住也笑了，但馬上又收斂起來，帶著不高興的顏色說：「房捐，不是房間。」

「呃！房捐，房捐。」憨欽仔咬得很吃力。

「對了！房捐，嗯！」

「請問，」憨欽仔的目的是討好而小心的，「我要不要繳房捐稅？」

「我怎麼知道？你有沒有房子？」不耐煩地。

「我住在防空洞，在公園裡面的。」

「那你繳防空稅好了。」他抿住嘴忍住笑。

「什麼時候？」

「唉，嚕嗦！你好好打鑼，免你繳吧。」

憨欽仔發窘地笑了笑。

「從下午開始連著三天，你要多少？」

「沒關係啦！」

他想做個犧牲當餌都無所謂，希望以後能繼續找他才要緊，「免了吧。隨你算好啦！」

「那不行。」

「和以前一樣就好啦。這半天不算。」

「以前？」他稍一思索，憨欽仔拿起旗子扛在肩就要走。「噫！等一下，等一下。講什麼你記得嗎？」

「知道。今年度的房捐稅和綜合所得稅，到月底全部要繳齊。」

「房捐，不是房間啊！記住。好吧，就去打吧。」

憨欽仔嘩啦嘩啦地扛著鐵皮出去。那和舉彩旗的心情完全不同。他覺得人的生活境遇太妙了，運氣不來就像遇到一團死結，愈想解開愈是紊亂，然而運氣一來，就像魔術師變把戲，喊一二三，千頭萬緒一下子就理得條條是道。

他想一個人的運氣一生沒有幾次，這次非牢牢地把握住不可，只要打鑼的效果比喇叭車的效果好的話，不怕沒有人來找。他想經他這兩天半的打鑼催繳，到了月底要全鎮的人都繳齊：「我知道這些人的心理，他們想能拖就拖，能免就免。這種不見棺材不落淚的人，一定要好好地哄嚇他們才行。」

在北風未到以前，二期稻割後的太陽，是一隻咬人的秋老虎。憨欽仔扛著字板，提著鑼，莫名其妙躊躇了一下，像一個愛游水的小孩，站在陌生的水邊，衣服都脫了，只差那一點勇氣，結果什麼時候，怎麼跳進水裡，連自己都不知道。出了公園的大門，向街上走去，他不斷地提醒自己，一定要打好。另外還回味剛剛試了一陣子，自覺得適當的腕力敲鑼。一來到北門街，他真分不出心裡的感覺，到底是興奮，或是惶惑，或是其他什麼的。許多路人，沒聽到他打鑼，只見他的模樣，就駐腳觀望。憨欽仔將通告在心裡複誦了幾遍，「房捐稅，不是房間稅，房捐，房捐……」

當他第一腳踏到柏油路，第一聲的鑼也響了。但是他嚇了一跳，暗自叫一聲糟糕，馬上把鑼壓在身上，免得讓過於用力打了鑼，叫它自己的顫動給裂痕震得展出新痕。見了他這樣驚慌的路人，很不能了解他的意思。他想著那適中的腕力，把鑼槌掄得高高的，卻停在那裡放不下。他慢慢地讓手垂下來，又體會了一番，斟酌了一下。噹噹噹，三聲鑼聲響，雖然點得輕了些，也叫了不少人從屋子裡走了出來。

打鑼打這兒來——
通知叫大家明白——

他深深地吸一口氣，他發覺自己幹嘛這麼喘著？

今年度的房捐稅——

停了一下，他想他沒說錯，又說：

和綜合所得稅——

到月底要全部繳齊——

他對自己的這種講法很失望。他想以前就是這樣子講壞了的，這些人不哄嚇他們，繳稅好像是繳稅，他們才不理睬。

小鎮的人，重新看到打鑼的又出現，以好奇的成分居多。憨欽仔看了這熱鬧的情形，心裡不無高興，但是他此刻的腦子裡，忙著思索更好的說詞。一直聚皺在一起的眉頭突然展開了。三聲令他滿意的鑼聲響後，他感到穩穩的，而大聲叫嚷起來：

打鑼打這兒來——

通知叫大家明白——

今年度的房捐稅和綜合所得稅啊——

到月底一定要繳齊——

要是沒繳的啊——

這個官廳你們就知道，會像鋸雞那樣地鋸你們——

很多路人聽了他這麼說，大家都笑起來了。憨欽仔馬上連連敲了三響鑼壓了那笑聲說：

笑——？繳完了才笑——

千萬不要鐵齒——

不信到時候看看，要是我憨欽仔講白賊者——

我憨欽仔的嘴巴讓大家摑不哀——

他想了想，這還差不多。打了半輩子鑼，像今天這種情形，還是破題兒第一遭。他所走過的地方，聽眾就沸騰起來，聽眾笑得越熱鬧，他的來勁更大，心裡也禁不住暗地歡喜。這種場面看喇叭車有什麼辦法！沒有我憨欽仔打鑼哪裡辦得到。這樣的日子從脖子給拴牢，過一輩子好日子給臭頭他們看看，不叫他們看了難受一輩子才怪。這個怨仇是可以現世報的了。請他們吃一頓豐富的，每個人兩包黃殼子都給得起。

走了半條北門街的店舖，總共才說了五次，背後卻尾隨一群好閒的人。他們想多聽幾次那麼好笑的話語。憨欽仔回頭看了看這些熱心公益的人士，覺得什麼都壯起來了，他想這樣的聲勢，等一會兒打茄冬樹經過的時候，看他們作何感想。他也幾分知道，尾隨他的人的動機，腦子又忙著思索一陣，他認為那些該說的話並不十分重要，重要的是他自己想出來的說詞。噢！有了！從心裡冒出驚喜，三聲鑼已那麼熟練地敲響。該說的一字不漏地都說了。好像把房捐又說房間，管他房捐或是房間，就是那麼一回事就對了。接著要說的才是重要。另起了三聲鑼響：

要是到期不繳的啊——

這個官廳你們都知道，會像鋸雞那樣地鋸你們——

他聽到群眾喧嘩而雷動的笑聲，一本正經地警告著說：

大家沒有鋸過雞，也見過別人鋸過雞，那不是好玩的事吧——

到時候要是我憨欽仔騙了你們——

噹噹噹。又敲了三響鑼。

我憨欽仔的頭讓你們砍下來當椅子坐——

他得意揚揚地拂去口角的泡沫，心裡想這個賭咒下得重，摑嘴巴怎麼能和砍頭比？就這麼說了。現在想起來，他以前多笨，只會一字不漏地照雇主的意思說了就算交差，如果早就能像今天這樣，除了說出該說的話以外，自己能再動動腦筋想一些話加上去，也就不會落得到茄冬樹下啃棺材板，還受那一群豬的氣。扛在肩上的鐵皮字板，神氣是神氣，但是比彩旗重多了。竹桿和肩骨逆在一塊，實在難受。他換過來右肩，擋了右側個臉。當他放眼望去，不遠的左邊的店鋪，掛一面圓圓的燒漆板，寫一個「酒」字。他即刻意識到那是石頭的店，他想馬上把字板換回左肩，然而，才恢復不久的信心，說服了自己，說有鑼打了還怕什麼？石頭那裡欠的又不多，他才不像仁壽不通人情。仁壽，看他現在又會怎麼樣？欠錢能還他，我們是客人哪！雖然膽子又壯起來，多少還是有點顧慮。兩隻眼睛一直望石頭的店。沒起幾步已經到了石頭的店鋪的前面，他看到石頭，先打了招呼：「石頭，晚上和你清了。」說著裝著很忙的樣子，立刻別過頭，其實心裡害怕著，就在那裡停下來，將鑼敲了。該說的說了，賭咒也立了。路旁的笑聲，一次比一次壯。他強扳自己的頭看看石頭。嗨！心裡都寬起來了，石頭到底不是仁壽，那長相就是好商量的人。他想著。與其說他在想，不如說是在計畫，瘋彩、歌仔戲、老米酒、露店、臭頭他們，……一進一出，腦子裡實在忙不過來，汗水不斷地流著，兩邊袖子交替地拂拭都濕了。他已經盡了力了，但是一點也不覺得累。又走了差不多二十多間店鋪，正想停下來敲鑼，一聲極刺耳的「嘎吱」，拖了一點尾被斬得齊齊的，一道黑影閃過來，定神一看，一部腳踏車攔截他的去路，原來跨在車上的就是公所的那個人。

「憨欽仔！你馬上停止，馬上回公所。」那個人的神色十分憤怒，話才說完用力一蹬，車子又回頭走了。

憨欽仔像觸電似的，傻了瞬間，看他回頭走的時候，才極力地呼叫，想讓車上的人聽到：

「怎麼回事？我打了，我打了，我不但打了，還打得很出色——」那聲音尖得有些破裂。那人的影子消失在來路的人潮裡。憨欽仔整個人都癱軟下來，他喃喃地向在他身邊哈笑的人說：「我打了，我打得很出色是吧。你們，你們隨便哪一個人都可以作證。我打了……」以後他再呢喃的是什麼，圍近他身邊的人也聽不清楚。憨欽仔就站在那裡，頭垂下來了，眼也垂下來，提鑼的左手勾住字板的柄，和拿鑼槌的右手，也像要墜下來的水滴，全都垂下來了。好奇的人，一層一層地圍著他，肅然的氣氛從裡面向外圍渲染出去。憨欽仔茫茫然地拖動沉重的腳步向前移動，前面的人馬上讓開去路。沒走幾步，憨欽仔突然停下來，叫人意外地提起鑼，掄起鑼槌，連連重重地敲了三下，一時失去斟酌，第三響的鑼沉悶地噎了一聲，一塊三角形的銅片，跟著掉落在地上。憨欽仔似乎什麼都不知道。他瘋狂地嘶喊著：

打鑼打這兒來——
通知叫大家明白——
今年度的房間稅和綜合所得稅啊——
到月底全部要繳——

他的聲音已變成哀號，他掙扎著要一個字一個字說得很清楚。但是他不能：

要是到期不，不……

他的聲音已經顫抖得聽不清什麼了。但是他的嘴巴還是像在講話，用力地一張一閉，到後來連聲音都沒有了。只是講話的口形，叫人從中可以猜出，他一直在說「我憨欽仔，我憨欽仔。」

原載一九七〇年二月《文學季刊》第十期

溺死一隻老貓

小地理

這縣分在本省算起來是偏僻的，省府把它列為開發地區。街仔就是這個縣分裡的一個小鎮，人口大約有四、五萬。年輕人在自己的縣境裡，在鄉下人的面前，總喜歡挺著類似自負的胸膛，表明自己就是「街仔人」，年紀稍大的就比較懂得謙虛，最多露著某種優越感的笑容點點頭。鄉下人也總喜歡把女兒嫁到街仔的事情，用很大的氣力告訴在旁的朋友。雖然聽者的耳膜被震得發濁，他們還是覺得應該。要是他們也有個出息的女兒（他們這樣想），能從田舍嫁到街仔；當然，要是兒子從街仔娶個媳婦回來，那更使他們感到光榮，不管以後的生活變得怎麼，至少開始的時候，同樣是興奮得大聲說話。

街仔距離大都市只不過七、八十公里，交通方面火車也好，汽車也好，都非常方便。每天來來往往的人還不少，最多四個小時就可以往來的路程，當天去辦完事，當天就可以回來。因此，很多大都市的流行，街仔人還算跟得上。迷你裝也在此地的小妹的膝蓋上二十公分的地方展覽起來，阿哥哥的舞步也在此地年輕人的派對裡活躍。年長的一輩也在流行一種怕死的運動，如早覺會之類的對身體健康有幫助的。前不久有人在清泉村發覺了泉水塘有不少的小孩子在游泳時，這些在社會上稍有名氣而肚皮逐漸肥大起來的男士們，每天早上天一亮就騎車去泡泡泉水。後來他們發現自己的皮帶孔，一格一格地往後縮的效果後，去的人便比以前多起來了。同時大家都去得很勤，可以說是風雨無阻。後來他們不只是去泡泡泉水，至少都能踢幾腳像是在游泳那樣。這些人有的是醫生，有的是銀行的高級職員，也有律師、學校校長、議員、大老闆等等。這地方扶輪社的會員幾乎都參加，除了大衛和湯姆；他們一個是裝義腿的，另一個是先天性的佝僂。

清泉村這個名字的由來，就因為村裡有一口兩分多地大的、屬於水利會的泉水塘而得其名。其實清泉村裡隨便在哪裡挖它三四尺至五六尺深，就可以得到一口泉湧不斷的帶有微微甜味的清水。這裡六十多戶人家就像冒出地面來的泉水那樣淳樸，更像泉湧不停的泉水那樣勤勉地耕作著四十多甲田地，還有鼓仔山的山坡地。這裡的水田向來沒有旱象，但是好多年來此地仍然是一個窮鄉僻壤的地方，這也就是淳樸的主要原因。這裡離開街仔只有兩公里半路，因為在山邊，從街仔來的路有些坡度，再加上沒通車的關係，街仔人總覺得清泉是很遠的一個地方。

天掉下來了

當年蓋祖師廟時才種在旁邊的榕樹，經過六十多年後，一百二十坪的廟地都被樹蔭遮蓋了一大半。而那長年累月都在蔭影底下的紅瓦屋頂，長出一層茸茸深綠的苔蘚草。另一半在陽光下的，還可以看出頗有年資的紅瓦來。因為這個緣故，他們都直接地叫清泉祖師廟為陰陽廟。這個變化的過程，一直活在村子裡的阿盛伯他們四五個老人家，就是看著這種變化衰老過來的。當時他們攀吊在運蓋廟的紅磚的牛車後面，還挨了牛車伕的籐鞭哩。現在村子裡只有他們最老了，每次廟裡的祭拜，都是他們幾個人在主使村子裡的人怎麼去做；其中以阿盛伯為主要的領導人物。一年當中是遇不到幾次祭拜的，在其餘漫長的日子，幾個老人就聚集在廟裡的邊廂，冬天時把門帶上，每人提著小火龍子烘暖，夏天就把門打開，涼風必定從邊廂經過，把象徵著此地的虔誠的烏沉檀香的香火帶到天上去。他們大部分都是談論著過去，縱使是反覆的，他們還是不厭其煩地陶醉在早前與貧苦掙扎的日子；過去的總是叫人懷念，尤其他們幾個，在這晚年的時日，也只有這些才叫他們覺得驕傲，明天誰都沒有把握，說不定明天自己就不來廟裡了。可不是？去年還有七八個，只有一年的光景，就走了一半。本來門楹內左側的石墩是天送伯的位子，現在它已經失去坐著溫暖了的微溫，變得冰冷透心了。天送走後，火樹伯來揀這個位子坐了一天，當天晚上天送就到火樹的床頭給他託夢，並憤怒地向他討回這個石墩的位子。從那天起火樹伯的肛門就生了痔瘡。這件事情是整個村子裡的人都知道。火樹伯的痔瘡後來搞得很慘，吃了幾十種藥，敷了幾十種藥，連坤田家的祖傳祕方都不見效，最後火樹伯才聽幾個老朋友的勸告，拖著半條命，由家人抬到天送的靈前燒香道歉，阿盛伯卻以老大的身分，在靈前責罵了天送一頓說：天送，你生前很明朗的，為什麼做了神以後變得這樣氣短？你、我、火樹，咱們大家都是穿開襠褲子時就在清泉長大的老朋友，為了坐了你的石墩，你就忍心折磨他半死，其實那石墩又不是你的，那是廟裡的，那是祖師公的……。當時在場的很多村人的臉上都駭然失色，像是天送伯就真正在場接受火樹伯的道歉，也在挨阿盛伯的責罵一樣。說也奇怪，一個禮拜後，火樹伯的痔瘡竟然痊癒了。但是兩個月後，突然好好的死了。那當然這個石墩就沒有人再敢在上面坐了，在清泉村人的心目中，這個石墩已經有了一個專有的警戒名詞——痔瘡石。

除非有重大而不可抗拒的事情，這幾個邊廂閒談老人是不會無故缺席的。雖然現在只剩下他們四五個，也只有這四五個人談起話來才不用解釋，並且興趣和話題都是相通的，所以吃過午飯以後，到廟裡閒談的事，已經變成了他們生活的一大部分。

這天下午，牛目伯、蚯蚓伯、毓仔伯、阿圳伯都來了，只差阿盛伯還沒有來。平時都是他來得最早的，就算是遲到，三點多鐘了也應該來啊？他們幾個心裡惶惶的很不習慣，不管談什麼話題都中斷了。

「他沒怎麼樣吧？」有人不安地說。

「早上我還看到他牽牛在圳溝墘吃草哩。」

「那裡，早上我也在圳溝墘放牛，就沒見到他。你順著圳溝到下尾去，我倒看到了。」

「啊！對，不是早上，那是昨天。」那人馬上承認自己的健忘。

「會不會生病？」

「我想不會。昨天還好好的。早上我在圳溝墘放牛，還遇到他的大媳婦抱一大堆衣服去洗。要是他生病，她也會告訴我啊！」停一停，「她什麼都沒告訴我。沒什麼吧。」

「那就怪！失蹤了？」牛目笑了笑，但是馬上又收斂起來。大家沉默了好一會兒。

「對了！幹伊娘哩！」蚯蚓突然叫起來：「前天他不是說要到街仔擇日館看日子，想擇一個吉日改灶嗎？他說他家的灶，柴火燒得兇。」

「哈哈——我想起來了。」阿圳咧開嘴笑了一陣才說：「我這個頭殼壞了啦，和田底石頭一樣，應該揀掉！早上就是他要上街仔的時候，我們才在井邊碰頭的。」

「幹伊娘哩！真的？」

「一點也不錯，就是田底石頭一個！」毓仔伯半玩笑地罵著。

「但是去街仔擇日也該回來啊！」

「會不會死在半掩門仔的床鋪上？」蚯蚓打趣著說。

「幹！真的那樣就好囉——老囉——」

「你也不年輕。」

「是啊！我是說我們都老囉——不對？」

阿盛伯沒在，在他們裡面就像是缺了酵母似的，大家談得並不很投機。以往的話題大部分都是由他引起。慢慢地，在涼風的吹拂下，他們都紛紛打起瞌睡來了。

西廂邊的這棵神樹——就是大榕樹，正是結籽的六月，每一顆榕樹籽都熟透得發紫，稍稍一碰就落地跌碎。樹下鋪滿了一層碎開的樹籽，發出香甜而又略帶酸的霉味，叫人聞起來並不討厭。一群靈活的小畢羅，在這枝椏在那枝椏地，像矯健的手指在琴鍵上彈奏一連串的頓音那樣地跳躍著鳴唱。樹籽成了一種快活的旋律，「波答波答」地落下來。蚯蚓帶來的兩個六歲大的雙生孫兒，每個人各騎一隻門口的石獅子，手抱牢石獅子的脖子也都睡著了。

阿盛伯從街仔急急地趕回來。他心裡不停地焚燒著，越想快一點趕回清泉，越感到路長，像有什麼和他在作對似的，他心裡咒詛著：那清泉不就完了嗎？我絕不讓他們這樣做，絕對不能。快點回去告訴他們。他兩步併一步地趕，坤池的田過去就是啞巴的田，再過去是紅龜的，紅龜的田過去就是龍目井和清泉國校分班。阿盛伯來到龍目井這口天然大泉井的時候，還特地抄進來看看井和四周的環境，且憤恨得自言自語地說，要是真的讓街仔人這樣做，清泉的地理都完了。這未免太惡毒了！這是天大地大的事，他們竟敢打這主意！幹！他急急地掉頭就向廟裡跑。

阿盛伯一跨進祖師廟的西廂就大聲地嚷起來：

「嗨！我看睏鬼還能纏你們多久。」

他們都被這不尋常的叫嚷驚醒過來，再看到阿盛的模樣；除非是什麼重大而不幸的事情發生，否則那貼在臉中央的半邊紅蓮霧果是絕不褪色的，看那樣子，兩個鼻孔還不夠他喘氣，半開著的嘴唇顫得很厲害。

「鬼姦著這麼大聲嚷！」蚯蚓被嚇醒而有點惱怒，但他馬上看清阿盛的神色和平時不同，轉口氣打趣著說：「我們還以為你在後街仔的半掩門仔不回來了呢。」他本能地用手拂去睡著時淌下來的口水。

「什麼事這麼晚才回來？」阿圳問。

阿盛一下子癱在竹椅子上，當背碰到靠背的刹那，又彈跳起來坐著說：

「我們絕不能讓他們這樣做！這樣我們清泉不就都完了嗎？」他把手一攤開隨即真的癱下來了，那樣子像是他盡了最大的力氣說了這句話。

他們幾個互相望了望，蚯蚓性急地說：

「怎麼搞的，你這個老頭！即使你帶回來什麼壞消息要我們像你這樣難過，你也應該說清楚啊！是不？沒頭沒尾地來一句『完了！』就躺下來，誰知道發生什麼事？」

幾隻注意著蚯蚓的眼睛又集注著阿盛伯。

阿盛長長地嘆了一口氣：「街仔人想來挖掉我們清泉地的龍目。」他的話使大家愣住了。

「這怎麼說？」

「就是每天早上來池塘游水的那些人，他們籌集了三十萬元，要在我們井邊做一個游泳池。」阿盛看到剛剛緊張地愣住了的他們，現在反而顯得沒什麼的樣子，心裡又變得急惱，「怎麼？你們不關心這件事嗎？」

「做一個游泳池有什麼不好？」阿圳說。

「怎麼沒有什麼不好?!第一，傷著我們的地理。你要知道，清泉村所以人傑地靈，都是因為這口龍目井的關係。我做小孩的時候就聽我祖父這麼說的。」

「是啊！這個道理誰都知道，但是做一個游泳池在井邊有什麼關係？」

「所以說啊！牛目你不要埋怨別人笑你憨。你想想看，那個游泳池的水都是靠馬達從井裡抽水，要是水一下子被抽光了，龍目就枯了怎麼辦？清泉不就完了嗎？」

大家又互相望了望點點頭。

「是啊！這可嚴重。」牛目說。

「你們都忘了？大風颱那一年，不知道誰丟一綑稻草在井裡，結果我們整村的大大小小都眼痛，幸虧那一次丟的是稻草，要是撒了一把刺球子，清泉人都死光了！」阿盛看到他們臉部的表情開始罩上困憂，心裡才升起一種應該的沉重的滿足，「所以說，」這是阿盛最愛拿來做開頭或是肯定結果的話的三個字。「龍目裡裝一個馬達在裡面我們怎麼受得了！」

「你的這個消息當真？」大家的目光都集注到阿盛，他們不但深信這個不祥的消息，心裡已開始蒙上一層深沉的憂慮，但是他們還寄望著否定的可能，而由蚯蚓伯這樣問。

現在阿盛原來負著這消息回來的重負，由大家的分擔，使他顯得安舒了許多，他說：

「不知在什麼時候，他們拿了這裡的水去化驗，結果認為這裡的水太好了。傻瓜，清泉龍目井水當然好，還化什麼鬼驗。但是水好並不是要他們來做游泳池啊！」

「那我們必須極力反對到底！」毓仔伯過於激動地說，連口沫都濺到別人的臉上。牛目用平淡的動作將對方濺過來的口沫輕輕地抹掉說：

「那當然，那當然，我們絕對反對！」

毓仔伯也舉手抹掉他臉上的什麼。

「還有一個理由，你們要知道：當游泳池開放的時候，那些來游泳的街仔人，不管是男的女的，只穿那麼一點點在那裡相向，誰知道他們腦子裡在想什麼。我們清泉向來就很淳樸很單純的，這麼一來不是教壞了我們清泉的子弟？把我們清泉都搞濁了嘛！」

阿盛看到他們默默地點著頭又說：「所以說我們很有理由反對。」

這時一直沉默在憤怒中的阿圳伯也提出一個理由說：

「再說，讓龍目看了這些不正經穿衣服的男女也是不好的，這樣地龍整身都會不安起來。」

「對啊！那我們有三個大理由了，想想看，還有什麼其他的理由我們好反對。」

蚯蚓衝動得跳起來說：

「還要什麼理由！這三個理由已經就等於天掉下來了！」

就在這個同時，蚯蚓伯的孫子有一個從石獅子上掉下來哇哇地哭叫起來，而他最後嚷的「天掉下來了！」這句話巧得就像因小孫兒跌下來而叫的。

民權初步

村民大會的晚上，向來就不曾參加開會的這幾個老人，倒很早就來到謝村長曬穀場臨時布置的會場，坐在最前一排板凳上等著開會。

因為全村的人都知道這晚的村民大會是這幾個老阿伯等不及的，其實也是他們急切地等待著要知道反對在龍目井地方建游泳池是不是能夠生效。所以來參加開會的人反常地踴躍。一家人有的來了好幾個都有。當會場已經擠滿了村民的時候，指導機關和列席機關的人員都還沒到。謝村長把家裡收音機正播放的歌仔戲節目開得很大聲。本來這種會在這些人總是覺得沒什麼意義的，要不是有那麼規定每一戶必定派一個人參加，在開會前蓋個章，開會後又蓋個章證明到席，那是不會有人參加的。結果這次不然。他們覺得真正需要這個會來解決他們的問題，而這問題又是一天一天緊緊地壓迫過來。每個來開會的人心裡都有些激動，要是再經過激發，就會成為一股狂潮的趨向。阿盛伯他們屢屢回頭看看緊挨在後頭的村民，臉露著笑容點著頭表示欣慰。沒有任何時候使他們幾個像這天晚上感到這種安全感，至少在這個時刻村民都同他站在一邊，內心的優越就如面對著什麼敵人都不怕而高喊著：來吧！他媽的，逃走是狗養的！牛目對幾個老兄弟說：喂！不要老讓年輕的認為我們老了沒用，晚上咱們老人家表現給他們看看。他們都同時點了點頭表示幹。

村幹事把國旗掛好以後就不見了，後來村長也不見了。本來預定七點半開會，時間過了二十多分鐘，村民也沒什麼表示，他們聽《陳三五娘》的歌仔戲節目正聽得津津有味。快八點的時候，收音機突然中斷，群眾的心亦突然頓挫了一下，村幹事和村長就從房子的正門走出來，兩人都有點顯得像跑了一段路而喘息。群眾裡面有人喊著要開會，村長站到一只箱子上面，有點口吃地向群眾說馬上就要開會，希望大家安靜。村幹事還不時轉頭看看路口那邊，最後一次他看到路口那裡有人影走過來，他興奮得喊來了來了，所有的村民也轉過頭往路口那邊望，有的還站起來，害得就要走進會場的一批人，忽然止步，站著觀望了好一會裡面的動靜，才慢慢地一步一步地走進會場。村長趕快跳下箱子，跑過去一一和那些人握手，然後引他們走進會席。鄉長竟然也來了，使村民感到意外的是，除了劉巡佐以外還來了五位陌生的外地警察，巡佐的臉還是和平時一樣地露著笑容，而那五位陌生的警察的臉色就不大對勁，另外還有三個穿西裝手拿扇子的紳士，而那三支紙扇子都是相同的；後來經村長的介紹才知道都是特別的來賓。等他們坐定位子的時候，已經是八點三十分了；今晚什麼都反了常似的以前都是他們先來等村民。村幹事看到三個紳士當中的那個胖子點頭以後，就拉開嗓子喊：村民大會開始——在還沒接著喊主席就位，蚯蚓就碰阿盛伯的肩膀要他上來說話。阿盛伯真的一下子就站起來一邊喊著說：我有話要說……。村幹事為了要保持開會的程序不受打岔，有意不理阿盛伯的話，而把下一句的口令更大聲地喊：主席就位——但是阿盛伯看到臺上沒人理他，於是他叫村長的名字說：喂！鴨母坤仔，開會前我就告訴你我今晚有話要說嘛！這時候很多人忍不住都笑了，連那五個臉繃得緊緊的警察也趕緊笑了一下。謝阿坤村長在臺中間轉過臉向阿盛憤怒而無可奈何地瞪了他一眼。阿盛還以為鴨母坤仔錯怪他，所以他又接著說：真的嘛，幹！我明明和你說了嘛！又引起一陣轟笑，村幹事立刻走過來，把嘴湊近阿盛的耳朵，阿盛說右邊不行，你到左邊來。村幹事就在阿盛的左耳低聲地說：你知道嗎？那個胖子是一個大人物哪，你不能開玩笑擾亂開會呢！阿盛伯很不高興這種威脅，又大聲地嚷：什麼？我開會說話叫擾亂開會？村幹事很尷尬地又湊近他的耳朵客氣地說：你誤會了我的意思了，等一下我們要你說話的，現在還沒到你說話的時候，那時候我一定會告訴你好吧！阿盛伯點了點頭還是很大聲地說：我怎麼知道還沒到說話的時候。他用力碰蚯蚓一下：幹你娘咧！都是你叫我起來說話。蚯蚓也大聲地說：我怎麼知道！兩個差點吵起來。村幹事馬上打圓場說，好了好了，你們有話留著等一下我請你們發表。他們的情形一直引起村民的好笑。阿盛伯在每次激起群眾的笑聲時，就要回過頭去巡一下發出笑聲的這些臉孔的表情是不是還是和他站在同一邊，結果每一次都好像受到鼓勵，而他就越變得帶憨帶粗起來了。

村長的那一段國語的開場白使這幾個老人感到十分不滿，因為他沒聽懂鴨母坤仔在說什麼。接著那三個紳士也都上臺說了話，但這在老人家的眼裡只是一連串難耐的比手劃腳而已，鄉長和村長是一樣的，最後連巡佐也上臺說話了。阿盛伯以為還要等那五個警察都說完了話才會輪到他，他埋怨地向蚯蚓說：伊娘哩！坐都坐駝了背還輪不到咱們說話。再沒等多久，村長請阿盛伯起來說話之前，用本地話說明了一段，說剛才主委已經說得很詳細，為了清泉的發展，各方面熱心促成在井口建游泳池的事，就要付之實現，希望本地方的人要配合完成。有了游泳池以後，這裡還要通車，分班又要獨立，清泉很快地就會繁榮起來。聽了這些話，臺下沒有一個村民鼓掌。阿盛終於站起來了，一陣熱烈的鼓掌聲跟著掀起，他回過頭看看村民，面對著臺上先以挑戰式的口吻發表了一篇聲明。他說：請你們回去告訴街仔人說清泉的阿盛伯說的，他們要游泳的話，請回到家裡的浴盆裡游泳去吧！這句激動的話，不但引起爆笑，同時贏得了雷動的掌聲，阿盛伯自己也莫名其妙地懷疑哪來的靈感。接著又說：不要妄想在清泉建游泳池，清泉的水是要拿來種稻米的，不是要拿來讓街仔人洗澡用！鼓掌的聲浪把他老人家的話揚得更激昂：清泉的人不稀罕通車，我們有一雙腿就夠了。我們只關心我們的田，我們的水……。清泉的地理是一個龍頭地，向街仔的那個出口，就是龍口，學校邊的這口井就是龍目，所以叫龍目井，清泉的人從我們的祖公就受著這條龍的保護，我們才平平安安地生活下來。今天居然有人要來傷害龍目，清泉人當然不會坐著不理。他回過頭問村人說：對不對？所有的村民興奮跳躍起來。臺上的人心裡都暗暗地驚訝阿盛伯的煽動能力。牛目側過身來向阿盛伯說：老傢伙，是不是祖師公找你附身做童乩？阿盛伯說：我不知道。我一直覺得腦筋很清楚嘛。

會完後，阿盛伯被村長請到村長家的大庭和幾個特別來賓見面，他們的話都由村幹事來翻譯。主委很欽佩地向阿盛伯說：

「老阿伯，我真佩服你說話的口才。」

「哪裡，你們過獎了，我是沒讀過書的，連一字是一横也不知道。」

「沒有讀書能有這麼好的口才更是了不起。」

「不敢當不敢當，見笑見笑。」阿盛伯說：「孔子公說的話我倒聽人說幾句，那就夠我用了。」

主委和旁邊的人交談了幾句，阿盛伯就問村幹事他在說什麼？

「他說你很能說話啦。」幹事又替他們翻譯。

「不要那麼說，我只是據理說話，老老實實以理論理，情理是愈辯愈明。真金不怕火，你說對不對？」

「老阿伯，我有一句話要問你，請你老實講，到底你為什麼會這麼勇敢，並且這麼極力反對這件事，在背後是不是有人唆使你這樣做？」

阿盛很不高興地一下子就回答說：

「沒有！」

「那麼你為什麼要這麼激烈地反對呢？」

阿盛伯毫沒有考慮地且驕傲地說：

「因為我愛這一塊土地，和這上面的一切東西。」

第一回合

順發營造商標到這一座長五十公尺，寬二十五公尺的游泳池工程，第一天就在清泉村遭遇到困難，他們在村子裡找不到一個臨時工來挖土。第二天他們才從別的地方僱來了五十名的男女工人來挑土。阿盛伯他們幾個整天執在工地和營造商的人周旋，結果招來了警察的干涉，他們都受到觸犯法律的警告。阿盛伯心裡覺得很是不滿，為什麼別人來侵犯我們的行為會受到法律的保障，而我們的正義卻剛好相反觸犯法律？他們幾個老人紛紛回去發動了一批男人，每個人手裡都握著棍棒或是劈刀，往工地這邊趕過來。工地這邊的人見了這情形，丟下了扁擔和簸箕就跑離工地。阿盛伯帶來的這一批人，把散亂在工地的這些工具集成一堆，放了一把火就把它燒了。火猛烈地燒著，這批人圍著火光，心裡一股勝利的喜悅令他們感到新鮮的光榮，不一會兒他們的外圍又圍來婦孺的村民，對他們的敬慕，而使他們也不覺得那英雄姿態的昂然，無形中溢出來。在人群裡面的阿盛伯大聲地說：逃走了就算了，就算他好狗命。光讓他們看清泉村的顏色，看他們以後是不是還來動這裡的一根草。這時只聽外一層的人叫來了來了，在還沒來得及看清楚之前，十多個武裝的警察，乘一部消防車已經趕到了。警察迅速地跳下車，一下子就刺進人群的核心，再向外推展分割開群眾，這些農夫們都被繳械了，然後一個一個地送上車；這一連串過程就像演習那麼順利。阿盛伯卻自動地跟著上了車，一起被送到街仔那裡的分局去了。原地還留幾個帶械而臉帶笑容的警察，安慰著其他村人要他們安靜地各自回到家裡去。

事情經過村長和鄉長多方的奔跑，營造商方面說，只要能保證事情不再發生，並保證工地的工作人員的安全，他們很樂意和解。當晚很晚了，他們才有計畫地被放了出來。每一個人似乎都受了很大的驚嚇而臉都縮了。回到清泉後，這種緊張的情勢仍然沒有消滅，他們心裡始終牽掛那份留在分局的口供筆錄和指模，不知以後還會有什麼麻煩的事情發生。這種顧慮的恐懼心，反而回到家見了大小之後跌得更沉。現在他們確實感到懊悔不及，再怎麼想到龍目或是整個清泉也激不起一絲力量來反抗，甚至於有人連隱藏在意識裡的意志也沒有了。想起來他們自己也不明白，當時怎麼會那麼衝動，只聽阿盛伯吆喝一聲，大家一窩蜂地就跟著湧上去。但是他們誠然不知道，阿盛伯正為他們敢為著清泉挺胸出來而感到驕傲。雖然他以禍首的名分被拘留在所裡過夜，他仗靠著心裡那份安慰，倒使他的態度顯出一種宗教性的安之若素。從他把熱愛清泉的意念付之於行動之後，他多多少少察覺到自己的變化，他不再覺得自己沒有事做了。而這件事情是比自己更重要，沒他別人不可能去做，也可以說一種信念寄附在阿盛伯的軀殼使之人格化了的，無形中別人也會感到阿盛伯似乎裹著一層什麼不可侵犯的東西。以往那些俗氣在他的身上脫落，且和一般人形成崇高的距離；這在熟悉阿盛伯的人，或和他認真談過話的人都有這種感覺。阿盛伯自己就覺得自己說話完全和以前不同了。每一句話說出來都是讓自己那麼驚奇，好比說有人特別來想改變他的觀念，問及清泉的水有多好？阿盛伯的眼睛就露出神奇的光彩，彷彿看到另一個世界地說：要是你能和魚說話的話，你問我們清泉裡的魚好了。不然你看看清泉的魚那種快樂樣子，你即可以得到正確的回答。那不是我阿盛告訴你的。這種語句不但他自己，連在旁的人都有點迷惑。而能察覺到自己的變化的那份感覺力，卻逐漸地減去，那簡直微妙得出奇，忠於一種信念，整個人就向神的階段昇華。阿盛伯大概就是這種情形，已經走到人和神混雜的使徒過程。

半夜，阿盛伯被人請到另一個較為寬闊的房間，一踏進門就發現那晚村民大會來列席的貴賓，就是坐在中間的那個胖子。他們都對阿盛伯很客氣，讓他坐在一張桌子前面的籐椅子上。有人替他倒茶，送香菸，他們想替他做筆錄。這之前那胖子向阿盛伯做了一番解釋，說分局並不是拘留你，只想讓老人家冷靜冷靜。事情本來很單純，但是散播迷信煽動群眾差點鬧出流血案件的事，是法律所不許可的。由於老人家的動機純良，這邊願意把大事化小事，小事化沒事，希望老人家回去好好抱孫享福。阿盛伯冷冷地謝了一番，就開始回答做筆錄的口供。

「你叫什名字？」

「許阿盛。」

「今年幾歲？」

「閏年不算七十九了。再活也沒有幾年了。」

在旁的人都笑了。其中有一個人說：

「那你應該好好享受享受晚年啊！為什麼還要管閒事？」

阿盛伯很輕鬆地說：

「因為我知道我再活也沒幾年了，現在有閒事不管，以後就不再會有機會了。」突然改變嚴肅的口氣：「閒事不閒事，那要看什麼人在看這件事。我，我不以為然。」

問口供做筆錄的人趕緊接著問：

「你為什麼要反對在清泉建游泳池？」

阿盛伯把三大理由說了出來，還做了不少的補充。

「你為什麼要聚眾滋事？」

「我聽到，清泉在那麼多人為了建造游泳池，每拋一下鋤頭落在它身上的呻吟，我一個人無力挽救，只好找清泉的人集合起來阻止他們。」

「你知道你這樣做會構成什麼罪嗎？」

「這和關係著整個村莊的地理有關係嗎？……」

「我希望你只回答我所問的問題。我再問你，你知道你這樣做會構成什麼罪嗎？」

「我不知道。」

「……。」

「……。」

天快亮了，阿盛伯的精神仍然很好。他們悄悄地用吉普車把他送回清泉。

陳大老的孫子

工程積極地進行著，阿盛伯已經失去了村人行動上的支持，他孤獨而焦灼地蒼老了很多。雖然家人騙他離開清泉到臺北親戚家，但是由他對抽水馬桶的陌生和隔閡，當晚他肚子裡逼著一股內壓回到清泉，一進家門連話都沒說就直衝到豬圈裡的茅房。幾個老友對這件事消極起來。眼看游泳池的工程一天一天積極地進行著，他想要是不趁早阻止，就算土挖好而被他阻止成功，那時候填土才是麻煩的工作咧，想了想，他現在不再直接去阻止這項工程了。他想應該用間接的方法找人事關係，能找一座泰山來個壓頂，什麼事情都能解決。可是以阿盛伯的條件，根本就不可能有什麼大人物之類和他有任何交情。在失望之餘，他忽然想到陳縣長來。他還記得很清楚，陳縣長在競選時，冒著大汗來到清泉，曾經熱烈地和他握過手，口口聲聲拜託拜託，並且答應他說：要是他當了縣長，以後他有什麼困難都可以找他解決。陳縣長的運動員也說：只有選他做縣長才是明眼人，因為他是不會開空頭支票的。阿盛伯不但自己投他的票，他還義務叫別人投他的票。那時他一直感動於他自己粗俗的手被一隻肥大而細膩的手實實地握住的感覺。對！我怎麼不去找陳縣長呢？他曾經答應我有困難可以找他。陳縣長的祖父在滿清的時候叫陳大老爺，我祖父以前就是陳大老的佃農，早前巡撫來點兵查糧的時候，祖父、父親他們都要去充臨時兵員的，只要我見了陳縣長說出我們以前也是你家的佃農，他就會領情吧！阿盛伯想到這裡又找到一線希望。第二天上午，他換了一身乾淨的衣服，到街仔的縣政府找陳縣長去了。

好容易闖了幾關才摸到縣長室的大辦公廳門外，他看四周的氣派，心裡暗自歡喜一番。縣長畢竟是一個大人物，這麼不容易找，又是在這麼嚴肅的地方，一定管很多人。只要他一答應還怕什麼事情不成？門外的小姐告訴他說縣長在裡面開會，叫他最好卜午來。他說他願意等他開完會。他可以說是等得很開心，因為他認為愈不容易見的人物一定是偉大的。

最後終於見到縣長了。他行了很深的禮，而沒見到縣長的回禮，小姐在外面已經告訴過他，說縣長最多能和你談十分鐘的話，所以他聽了之後心裡有點焦急。十分鐘要談完這件事到底要從何處談起？他想應該先讓陳縣長知道一點人情關係。縣長請他坐下來，他開頭就告訴縣長說：我們許家早前也是陳大老的佃農哪！他滿懷著希望想看到縣長領了情的表情。結果他只聽到縣長從鼻孔哼了一聲，低著頭翻閱紅卷宗裡面的一大疊公事。這使阿盛伯愣了一陣，好一會兒，縣長才抬頭鼓勵他說話。他說話的時候，縣長還是埋頭在公文堆裡，一張一張機械地翻一張蓋一個章，這樣，連看都不必看，因為太多了連蓋章就需很久的時間，等阿盛伯把主要的話都說完了，在等縣長的回答時，縣長還忙著蓋章。對這件事縣長的印象是土地和工程的糾紛，所以他考慮要交給哪一部門去處理，社會課呢？民政課呢？建設課呢？還在考慮中縣長就按鈴叫小姐進來，然後小姐把阿盛伯帶到建設課去了。

結果阿盛伯在建設課鬧了一陣笑話碰了一鼻子灰，再也摸不到門路應該去找哪裡才適合。他疲倦地回去清泉，對陳縣長的偶像都幻滅了。他在路上還不斷地反覆著咒罵著說：「幹！那就是陳大老的孫子，要是讓陳大老知道了一定會流目屎的！」

貓不是狗

從阿盛伯失去村人行動上的支持以後，他的信念亦不能完全付之於行動。剛開始的那種宗教型的人格就漸失掉了。當游泳池完全落成的那一天，他也完全恢復到以前的鄙俗了。許多人圍在游泳池的鐵絲網外，看著裡面嬉水熱鬧的情形。很多村子裡的小孩子向家人吵著要一塊錢去游泳。年輕人應該到田裡去工作的，有很多人把鋤頭放在一邊，望著裡面的奶罩和紅短褲在那裡構想而出神，這些阿盛伯都看在眼裡，心裡十分難受，他一邊受痛苦的煎熬，一邊在游泳池外徘徊了一陣。最後他瘋狂地闖入裡面，大聲地叫嚷著說：「要脫嘛就乾脆像我這樣脫光！」說著他真的把身上的衣服都脫了。小姐們被嚇得吱吱叫著爬上來，男孩子們卻笑著拍手鼓掌。這時候阿盛伯來一個倒瓶式的姿勢，跳入深水的地方去了。他連狗爬式都不會，等很久沒見他浮上來的時候，在場的人才不覺得好笑。當兩個小姐急忙跳下去把他拉上來，那已經遲了一步，阿盛伯只留一個名字，什麼都沒有了。

笑聲

出殯那一天，阿盛伯的家人要求游泳池關閉一天；阿盛伯的死到底是為了這座游泳池。出葬時棺材必須經過游泳池的門口。管理游泳池方面的人答應了，同時在門口還橫披著一塊大黑幕。但是，當棺材經過游泳池前，四周的鐵絲網還是關不住清泉村的小孩子偷進去戲水的那份愉快的如銀鈴的笑聲，不斷地從牆裡傳出來……。

原載一九六七年四月《文學季刊》第四期

魚

「阿公，你叫我回來時帶一條魚，我帶回來了，是一條鰹仔魚哪！」阿蒼蹬著一部破舊的腳踏車，一出小鎮，禁不住滿懷的歡喜，竟自言自語地叫起來。

二十八吋的大車子，本來就不像阿蒼這樣的小孩子騎的。開始時，他曾想把右腿跨過三角架來騎。但是，他總覺得他不應該再這樣騎車子。他想他已經不小了。

阿蒼騎在大車上，屁股不得不左右滑上滑下。包在野芋葉的熟鰹仔，掛在車上的把軸，跟著車身搖晃得相當厲害。阿蒼知道，這條鰹仔魚帶回山上，祖父和弟弟妹妹將是多麼高興。同時他們知道他學會了騎車子，也一定驚奇。再說，騎車子回到埤頭的山腳，來回又可以省下十二塊的巴士錢。這就是阿蒼苦苦地求木匠，把擱在庫間不用的破車，借他回家的原因。

沿路，什麼都不在阿蒼的腦裡，連破車子各部分所發出來的交響也一樣。他只是一味地想盡快把魚帶給祖父。他想一見到祖父，他將魚提得高高地說：「怎麼樣？我的記憶不壞吧。我帶一條魚回來了！」

「阿蒼，下次回家來的時候，最好能帶一條魚回來。住在山上想吃海魚真不便。帶大一點的魚更好。」

「下次回來，那不知道要在什麼時候？」

「我是說你回來時。」

「那要看師傅啊！」

「是啊！所以我說回來時，帶一條魚回來。」

「回來？回來也不一定有錢。」

「我是說有錢的時候。」

「那也要看師傅啊！」

「他什麼時候才會給你錢？」

「是你帶我去的。不是說要做三年四個月的徒弟不拿錢嗎？」

「沒錯，我們是去學人家的功夫。你還要多久才能學會自己釘一張桌子？」

「釘桌子還不簡單。早就會了！」

「那你不應該再是學徒啊！」

「三年四個月還沒到哪！」

「呃呃！你去多久了？」

「還有一年半的時間。」阿蒼嘆了一口氣：「嗯──好像一輩子都不會完似的。」

老人家馬上警告他說：

「噓，年紀小小的不應該嘆氣！」

「為什麼？」

「不應該就不應該。」停了一下：「這樣子命會歹的，千萬記住。」

「阿公。」阿蒼稍微抬頭望著老人。

「哼？」

「心裡很難過的時候，嘆嘆氣倒是很舒服哪。」

老人呵呵地笑起來。

「你在笑什麼？」

「樣子倒沒看你長大，講話的口氣卻長大了不少。」

「那是真的！嘆氣以後就覺得很舒服很舒服。」

「不要走那邊邊。這個拐彎地方，前天山腳下的店仔人，上山來討錢，不小心才滑了下去……」

「有沒有怎麼樣？」阿蒼探頭往那底下看。

「怎麼會沒怎麼樣，竹子剛砍不久，每一根竹頭都像鴨嘴，滑下去全身扎了二十幾個傷，腿還折斷了一隻哪！好了！不要多看啦。這個拐彎的地方，一向就不是好東西。」

「誰欠他們錢？」

「山頂的人哪一家不欠山腳下的人的錢！」

他們默默地繞過那個凹彎處。

「你到哪裡?」

「沒有啊。我送你到山腳。」

「不用啦。我自己會小心。下次回來,我一定帶一條魚。」

「那最好。不過沒有也就算了。有時候遇到壞天氣,討海人不出海,你有錢也沒魚吃。」

「希望不遇到壞天氣。」

走過一處隘口,老人讓小孩先走。他在背後望著阿蒼說:

「苦不苦?」

「有什麼辦法?師傅家什麼事都要我做,連小孩子的尿布也要我洗……。」小孩的咽喉被哽住了。

「那麼你師母做什麼?」

小孩搖搖頭沒說話。

「呸!有這樣的女人!」老人安慰著小孩說:「沒有關係。你不是忍耐過來了嗎?」

「開始時你就叫我忍的。」

「那就對了。你必須做個好榜樣。你的後面還有弟弟和妹妹。」

阿蒼不在意什麼地眼望著山坡。他看到羊群在相思林裡吃草。

「我們的羊怎麼樣?」

「喔!我們的羊真好。」

「多養幾隻嘛!」

「我也這樣想。」

「快讓牠們生小羊。」

「我也這樣打算。」

「養那麼久了,老是三隻。」

「三隻都是公的嘛。」

「公的真沒用!」

「要是全母的也是沒有用。」

「我想我們多養幾隻羊,以後換一套木匠的工具。」阿蒼隨手在路邊抽了一根菅蒿。

「小心你的手。菅蒿是會割傷手的。」老人忙著轉過話來:「你要木匠的工具了?」

「哼!」小孩說:「我不但會釘桌子,櫥子、門扇、眠床、木箱我都釘過。」

老人愉快地說:

「好!我多養幾隻羊讓你換一套工具。」

「什麼時候?」

「不要急，阿公馬上就做。用我兩隻公羊去和山腳他們換一隻母羊就可以開始了。」

「要快一點。我快做木匠啦!」

「所以啊!」老人珍惜著說:「目前什麼苦你都得忍耐。知道嗎?」

「知道。我要忍耐。」

過了相思林，他們都看到遠處的埤頭停車牌子。他們沉默下來了。當他們真正踏到平地時，老人說:

「吃得飽嗎?」

「——」

「他們打你嗎?」

「——」

「怎麼了?不說話?」

小孩低著頭飲泣著。

「不要哭了。要做木匠的人還哭什麼?」

小孩搖搖頭，用手把眼淚揮掉，「我沒哭。」但是他還是不敢把頭抬起來。

「喏!你還是聽阿公的話，把這一袋子山芋帶去給你的師傅吧。說不定他們會對你好一點。」

「不要！」

「還是帶去吧。」老人讓肩上的一袋子芋頭滑下來放在小孩的跟前。「袋子不要忘記帶回來。」

「不要！他們會笑的！」

「這是我們這裡最好的山芋哪！」

小孩抬起紅紅的眼睛望著老人搖搖頭。

「好吧！」老人氣憤地說：「我寧願把最好的山芋餵豬，也不給碰我的孫子的一根頭髮的人吃！」

「阿公你回去啦。」

「好！我就回去，我站在這裡休息一下。你快點到車牌那裡等車。」

小孩走了幾步，被老人喊住了。

「你真的不想把山芋帶去給他們嗎？」

「我想免了。」

「說不定你下次回來，他們會買魚叫你帶回來。」

「我會帶魚回來的。」

「你過來一下。」老人自己也走近小孩：「有一次阿公擔了幾十斤山芋到街仔賣了錢。我就到市場想買一條魚給你們吃。車子來了沒有？」

「還沒。」

「車子來了你就告訴我。你知道，魚是比一般的菜都貴的。那一天，我在賣魚的攤位，不知道繞了幾十趟，後來那些賣魚的魚販也懶得再招呼我了。但是，我還是轉來轉去，拿不定主意來。你知道我為什麼？」

「想偷一條。」

「胡說！」老人把腰挺起來：「那才不應該。這種事千萬做不得。我死也得讓他餓死！」他又彎下腰對小孩說：「因為魚很貴，並且賣魚的魚販子，每個人都像土匪，他們不是搶人的秤頭，就是加斤加兩的。阿公又不懂得，才問他們魚一斤多少錢，他們一手就抓起魚，用很粗很濕的鹹草穿起來秤。你要注意車子喔！來了就告訴我。」

「還沒有來。」

「所以我不斷繞魚攤，一方面看魚，一方面看哪一個魚販的臉老實。最後我在一攤賣鰹仔魚的地方停下來，向那個賣魚的女魚販子挑了一條鰹仔魚。我還一而再、再而三地說，要她秤得夠，千萬不要欺騙老人。她還口口聲聲叫我放心。結果買了一條三斤重的鰹仔魚，回到家一秤，竟相差一斤半！」老人的眉頭皺得很深：「一擔山芋的錢，才差不多是一條三斤重的鰹仔魚的錢……。」

「車子來啦！我聽到車子的聲音。」

因為把腰哈得太久，老人好不容易才把腰挺直起來，跟著小孩向路的那端望車子。

「只聽到聲音那沒關係。」

「說不定是林場的車子。」小孩興奮地說。

「那更好。不就可以搭便車了嗎？」停了一下。「等一等，我說到哪裡了？」

「你說一擔山芋的錢，差不多是一條三斤重的鰹仔魚的錢。」

「你都聽起來了？」

小孩點點頭。

「他們搶了我一個擔頭的山芋，這種人簡直就是土匪。害得我回來心痛好幾天。說老實話，我一直到現在還不敢走進市場的魚攤哪！」老人長長地嘆了一口氣。「唉——山上的人想吃海魚真不方便……。」

「車來了。」

老人瞇著眼望著。

「在那裡。灰塵揚得很高的地方。」

「大概是車子來了。好吧，你快點過去。阿公不再送你了。我就站在這裡休息一下。」

「我走了。」

「阿蒼，不要忘了——」

「帶一條魚回來。」小孩接下去説。

老人和小孩都笑了。

「阿公，我沒忘記。我帶條魚回來了。是一條鰹仔魚哪！」阿蒼一再地把一種類似勝利的喜悦，在心裡頭反覆地自語著。一路上，他想像到弟弟和妹妹見了鰹仔魚時的大眼睛，還想像到老人伸手挾魚的筷子尖的顫抖。「阿公，再過兩個月我就是木匠啦！」咔啦！「該死的鏈子。」阿蒼又跳下車子，把脱落的鏈子披在齒輪上，再用手搖一只踏板，鏈子又上軌了。從沿途不停地掉鏈子的經驗，阿蒼知道不能踏得太快。但是他始終會忘記。當阿蒼拍拍油污和鐵鏽的手，想上車的時候，他突然發現魚掉了。掛在把軸的，只剩下空空的野芋葉子。阿蒼急忙地返頭，在兩公里外的路上，終於發現被卡車輾壓在泥地的一張糊了的魚的圖案。

懊喪的阿蒼，被這偶發的事件，折磨了兩個多小時，他已不想再哭了。回到山上，遠遠就看到祖父蹲在門口，用竹青編竹具。他沒有勇氣喊阿公了。他悄悄地走近老人。

老人猛一抬頭：「呀！你什麼時候回來的？」

「剛剛到。」說著就走進屋子裡面。

老人放下手上的東西，想跟到裡面。但是從他想站起來到他伸直腰，還有一段夠他說幾句話的時間。

「阿蒼，你回來時在山路邊看到我們的羊了沒有？」老人沒聽到他的回答。「就在茅草那裡，你弟弟和妹妹都在那裡看羊。我替你辦到了，你就快要有一套木匠的工具啦！」

阿蒼在裡面聽了這話，反而心裡更覺得難過。

「阿蒼，你聽到了我講什麼嗎？」他一面說，一面走了進去。他還是沒聽到阿蒼的回答。「你到底怎麼了？像新娘子一樣，一進門就躲在裡面。」他到臥房，到工具間，再轉進廚房才看到阿蒼把整個頭埋在水瓢裡「咕嚕咕嚕」地喝水。

「噢！在這裡。帶魚回來了沒有？」

阿蒼還在喝水。

「這幾天天氣不好，市場上不會有魚的。」老人明知道這幾天的天氣很好。「不能以我們這裡的天氣為憑準。海上的天氣最多變了。」

阿蒼故意把臉弄濕。他想，這樣子祖父就不知道他哭了。他把濕濕的臉抬起來說：

「有魚的！」

「魚呢？」
「我買回來了。是一條鰹仔魚。」
「在哪裡？」
老人眼睛搜索著廚房四周。
「掉了！」
「掉了？」
「掉了！」阿蒼不敢看老人的臉，又把頭埋在水瓢裡。他實在不想再喝水了，一點也不。
「這，這怎麼可能呢？」老人覺得太可惜了。以前買鰹仔魚被搶了秤頭的那陣疼痛又發作起來。
但是阿蒼沒了解老人的意思。他馬上辯解著說：「真的！我沒有騙你。我掛在腳踏車上掉的。」
「腳踏車？」
「是的，我會騎腳踏車了！」阿蒼等著看老人家為他高興。
「車呢？」
「寄在山腳店仔。」

「掛在車上掉的？」老人一個字一個字說得很清楚。

阿蒼完全失望了。

「我真的買了一條鰹仔魚回來。牠掉在路上被卡車壓糊了。」

「那不是等於沒買回來？」

「不！我買回來了！」很大聲地說。

「是！買回來了。但是掉了對不對？」

阿蒼很不高興祖父變得那麼不在乎的樣子。

「我真的買回來了。」小孩變得很氣惱。

「我已經知道你買回來了。」

「我沒有欺騙你！我絕對沒欺騙你！我發誓。」阿蒼哭了。

「我知道你沒欺騙阿公，你向來不欺騙阿公的。只是魚掉在路上。」他安慰著。

「不！你不知道。你以為我在騙你……」阿蒼抽噎著。

「以後買回來不就好了嗎？」

「今天我已經買回來了！」

「我相信你今天買魚回來了，你還哭什麼？真傻。」

「但是我沒拿魚回來……」

「魚掉了。被卡車壓糊了對不對？」

「不！你不知道，你不知道。你以為我在騙你……。」

「阿公完全相信你的話。」

「我不相信。」

「那麼你到底要我怎麼說？」老人實在煩不過了，他無可奈何地攤開手。

「我不要你相信，我不要你相信……。」阿蒼一邊嚷，一邊把拿在手裡的葫蘆水瓢摜在地上，像小牛哞哞地哭起來。

老人被他這樣子纏得一時發了莫名火，隨手在門後抓到挑水的扁擔，一棒就打了過去。阿蒼的肩膀著實地挨了一記，趕快奪門跑了出去，老人緊跟在後追。阿蒼跑過茶園，老人跟著跑過茶園。阿蒼跑到刺竹叢那裡，急忙地在五六尺深的坎，跳到回家來的山路上。老人跟到刺竹坎上停下來了。阿蒼回頭看到老人停下來，他也停下來。他們之間已經拉了一段很遠的距離。

老人一手握著扁擔，一手掛在刺竹，喘著氣大聲地叫：

「你不要再踏進門。我一棒就打死你！」

阿蒼馬上嘶著嗓門接著喊了過來：

「我真的買魚回來了。」

傍晚，山間很靜。這時，老人和小孩瞬間裡都愣了一愣。因為他們都同時很清楚地聽到山谷那邊的回音說：

「——真的買魚回來了。」

原載一九六九年三月廿三日《中國時報．人間副刊》

癬

阿發散工回家，一進門，太太默默不語地把乳兒交給他。小孩子在父親的懷抱中，很不舒服似的哭起來。阿發急急而笨拙地將小孩搖晃了一陣，小孩子果然不哭了；與其說小孩子叫他哄靜下來，倒不如說是被他過分用力的搖動嚇得不敢再哭了。他用腳移動一只矮凳子；事實上是一塊方木頭，他坐了下來，把小孩子放在腿上躺著，兩手同時在兩邊的口袋裡探香菸。他想起來，最後一支菸是在收工的時候抽掉的，菸盒子捏一團丟在石灰堆裡，想起來還是很醒眼。他心裡有一件事要讓太太高興一下，但是在還沒說出來之前，要先逗太太生一點氣，這鬼主意是摸不到香菸時，臨時湧上心頭的。太太忙著燒飯做菜，一會兒這邊，一會兒那邊，那尚稱圓熟的臀部，剛好落在阿發此時最舒服的平視的眼前擺動，他有一股興奮，回到家之後好像又增加了不少，這一些積壓在心裡，令自己有一點不自在。

「阿桂，我沒有菸了。」他明知會挨罵。

「沒有菸那是明天的事。」她頭都不回只顧炒菜。

「不！我現在就想抽。」

「要是不抽菸會死掉也就讓他死吧！」鏟匙碰著鐵鍋的聲音意外地響亮。

「和氣一點好嗎？砸破了鍋怎麼辦？那足夠我買很多包吉祥咧！」

「你一年不抽菸，也足夠買很多的鍋。」

太太探身到水缸裡舀水，穿著長褲的臀部卻仰得高高的，阿發覺得很滑稽，水缸裡沒水了，只聽見水杓子咔啦咔啦響。

「阿珠他們又去拾番薯嗎？」阿發問。

「她比你行。昨天拾了一布袋又半籃子。」

「阿雄也去了？」

「留在家裡纏我，我受不了。」

「太小了吧。你是不是忘了他才三歲？」

太太氣得嘴都翹起來，提著木桶走出去外面提水。阿發覺得該把好消息告訴她了，要是再惹她生氣，恐怕不好收拾。

太太提著滿桶的水進來了。阿發說：

「這一次我們運氣很好，後天這邊的工一完，阿助叫我馬上跟他的班，他說這次的工作整整有三個月的時間。」他一直注意太太的臉是怎麼從繃緊再到放開。她裝著沒聽見，將水倒進水缸裡面，他接著不停地說：「工錢是一天三十五塊，比現在的多五塊。這次不會閒著沒事做了。」看到太太又提著空桶走出門外的臉，還是繃得那麼緊，他心裡有點惱怒了。他想：這未免太過分了，等她進來非還她顏色不行。屁股底下的木椿像長了刺似的，他坐不住了。他站起來來回地踱著，心裡越想越氣；本來就沒有什麼事，她竟氣我氣成這個樣子，偶爾多抽一包菸又有什麼關係，錢是我賺的我要怎麼著就怎麼著。

提一桶水的時間照道理也該回來了，怎還不見進門？他走到門口張望了一下，還是不見影子。他又回到屋子裡來回走著，正當他轉向裡面走的時候，太太提著水走進來，他一轉身，一包吉祥的香菸就落在懷裡的小孩子的身上，但是他注意的是她的臉色，對方那歉意而溫和的笑容頓時使自己心軟了下來。他想：好險啊！差一點就弄糟了。

四個孩子嘻嘻哈哈地，有提有扛的帶回來不少的番薯。將這些倒在地上積成一堆，卻是相當可觀。阿發看了心裡憂喜參半。他問孩子們說：

「哪裡有這麼多的番薯可以拾，會不會是……」話還沒說完，大女兒阿珠就搶著說：

「今天下了一場雨，翻過的番薯田都濕了，遺落在田裡的番薯都露出皮來，很好找啊……。」

「嗯！那就好。」但是他心裡擔憂著這些番薯會不會是孩子們偷來的。有那麼碩大的一條，當真也會是被遺落下來的嗎？

老二正想說什麼，馬上被姊姊的一眨眼所阻止了。

「好吧，準備吃飯了。」阿發吆喝著圍在番薯堆而得意的孩子們。「阿昌，去給爸爸沽半瓶酒，買一塊錢花生米。」

「錢呢？」

「向你母親拿。」

「什麼酒？」

「嗨！廢話！當然是米酒。」

阿昌很快地沽了酒，買了八毛錢的花生米，自己留了兩毛錢，又分了一點花生米藏在口袋裡趕了回來。

飯已經開了。老三眼愣愣地望著滿碗是番薯的番薯飯噘嘴，母親卻大聲地咒詛著：

「不吃，不吃就算了！你出生到這裡來就注定吃番薯。你這歪嘴雞還想吃好米。」

小孩子偷偷地抬起眼睛看看母親，他心裡知道拗不過來，如果不適可而止，等一會還會挨一頓打。但是為了好下場，他故意撒著嬌說他要花生米。

「好好，每個人給你們幾顆花生米，趕快吃飯。」父親說著一邊分給他們花生米。

「後天是農曆初二做牙，等拜土地公才讓你們吃一頓痛快。」

孩子們都乖乖地吃著番薯飯。阿發嫂看阿發這份興沖沖的容顏，她知道今晚又要上床了。最近幸福家庭設計協會的李小姐來找過她幾次之後，對上床的事情開始有了顧忌。在阿桂個人來說，知識是增加了，對這件事情也有了認識和新的觀念。可是，隨後而來的卻是很多的困擾，對那事的感受在同一時間裡也不那麼純一了，有時甚至於在做那事的時候，只想到一些牽連性的可怕的事情。當然，這些都是李小姐告訴她的。她真弄不清楚，到底要感激李小姐呢，或是埋怨她好呢？

吃番薯一向都是很靈驗，除了乳兒，四個小孩都捏著鼻子，我指你、你指我地圍在那兒嘻笑，沒有人肯認屁帳。他們唱起童謠〈點鑼〉來找屁主。他們每唱一個字就指一個人地輪流地點著：

——點鑼點叮噹，

——誰人放屁沖閹公，

——閹公媽舉鐵鎚，

——擊著死囝仔腳穿門！

老二最後被點到了，他一直呼冤枉，但是，其他三人一口咬定是他，因此孩子們就鬨鬧起來。父親終於來管了，他說：

「屁是我放的啦，怎麼樣？」

小孩子樂得嘻嘻哈哈地叫起來。母親一邊整理飯桌，一邊交代阿珠說：

「阿珠，快給弟弟洗洗手腳，帶他們早一點睡。」

阿珠也有九歲了，做起事來真有老大姊的模樣。聽母親這麼一說，她知道大人今天晚上又要做什麼事了，其實老二也知道。

原來他們全家只有一個大床鋪，大小七個都睡在一起。但是從老三曾經鬧了笑話之後，大人才覺得小孩子都長大了，不能不把床隔起來。那是用一張甘蔗板橫隔起來的，坐起來還是可以看到隔床的小孩有沒有蓋被。雖然是這麼簡單的事情，阿發還是想辦法另外先弄到一張破被以後，才把床隔開來。不然，一張大被大家擠在一起剛剛好呢。至於老三鬧出來的笑話，阿發在做工休息的時候，毫不害羞地當著笑話，在大家的面前說了出來。那是這樣的：有一個晚上，阿發他們夫妻倆，把睡在身邊的阿雄驚醒了。小孩子看了這情形嚇得臉色大變。這時阿發就說：今天媽媽打過你是不是？小孩點了點頭。好！我來壓死媽媽。小孩子一興奮，爬了起來，說他也要壓，就騎在爸爸的身上了。至於這事情說出來不感害臊，是因為在他們交換的談話中誰都有過類似的事情發生。

小孩子都被阿珠帶上床了。她又在重述「虎姑婆」的故事，老二說那和我們吃番薯飯一樣，不知說了幾百遍了。老三說要聽，老四並不反對。結果阿昌把頭蒙在被裡吃剛才留在口袋裡的花生米。姊姊一開始就說：古早古早——弟弟說：有一個虎姑婆仔……。他們大人還在廚房洗手腳，聽到阿珠說故事的聲音，高興地私語起來：

「你聽聽阿珠在講故事給弟弟聽。」

「她真像個小母親。」

「如果她生在有錢人家，這個年紀還是離不開大人的照顧。」

「廢話嘛！」阿發說：「窮孩子除了命歹，其他哪一點比他們差。窮孩子能幹得多啦！像我十三歲就能養我母親。他們大部分都是靠祖公仔業過活，我們是靠自己流汗過活哪！」

「那是人家前生積德，有什麼奇怪？」

「你要這樣認為就不要說！」阿發覺得自己說話的語氣，和等一會兒要做的事不協和，所以轉了話題說：「下個月我們就可以買一塊鐵皮把廚房漏的地方全部遮蓋起來，那你就不必戴斗笠燒飯了。」

「鬼咧！到時候有了一點錢，你手又癢了。」

「你不要瞧不起人好嗎？這一次一定買鐵皮。」

「買了再說吧。」

「擲骰子我大部分都贏哪！」

「贏？錢在哪裡？反正輸和贏都不是好事！」現在阿桂講話的聲勢轉強了：「輸了，錢沒了。贏了，家裡出酒瘋子。」

「呀！你怎淨說以前的事。」他把水倒了，一邊揩腳一邊低聲細氣地說：「過去的不提了，其實還不是想贏點錢回來貼補家用。」他馬上覺得話又錯了。但是……

「算了！」阿桂厲色地說：「我就知道你這個人是無藥可救。」接著就是一連串的嘰咕嘰咕不停。

阿發坐在那兒半聲不響，耐心地等著太太。他說：

「好吧，嘴巴動，手腳也要趕緊好嗎？」

奇怪得很，阿發此時對太太的興趣，突然提高了許多。一個不是真正在生氣的女人，給阿發的印象竟是那樣的性感，或是一種異樣的調調兒令他好奇，總而言之，他已不耐太太的拖延了：

「喂！要嘛就快一點。」

阿桂覺得這聲音有點可憐，同時，也是最適合提出條件的時候。於是她就說：

「五個孩子的負擔已經夠重了，要是再有了小孩子，你也吃不消。」

這問題阿發是明白的，但是就不願聽到。他心裡想以為阿桂今晚不來了，所以他的臉色馬上變得很不好看。阿桂也明知道他會不高興，只是話還沒讓她說完。她很溫和地說：

「我去裝『樂普』好了。那位李小姐說裝了『樂普』，隨我們怎麼來都可以。」她渴望地看著阿發的臉色。他只顧皺眉頭猛吸菸，而眼看著牆壁不作聲響。

「怎麼樣？」阿桂停了一段她認為足夠他考慮的時間後再問。

阿發和前一次聽到這問題一樣，轉過臉來瞪阿桂。不過他這次的想法完全和前次不同了。上次的想法，他覺得阿桂未免太過分了。單單裝「樂普」從頭到尾的過程，他就不能忍受。衛生所那位裝「樂普」的醫生就是阿生的大兒子，我怎不知道。無論怎樣，阿桂是我阿發的妻子啊！這次他想：他媽的，裝就裝嘛！不告訴我就得了嘛！我也不會知道。噢！不。不告訴我不就等於偷漢子？……？……就這麼一點時間是不夠他對一件這麼嚴肅的問題下結論的，改變觀念那更是不容易。所以他還是瞪阿桂，一邊還在腦子裡忙著思索結論。使他這般的矛盾，和他的自尊亦有很大的相關。

阿桂低著頭，自言自語似的說：

「這還不是為了你好，多生幾個孩子對我又怎麼樣。我的母親就生了我們姊妹十一個。我相信我也能夠。但是你要是跌進兒子的坑底裡，你就一輩子也爬不起來。我管你，隨你怎麼好了。我真的不管了。我再也不提這件事。我也覺得難為情再提這件事。算了！」她偷偷地抬頭看了他一下，馬上又低下頭，不必要地重做著已經收拾好了的工作。這些阿發都看在眼裡，並且她的話根本就誤會了他的意思。其實還不能算是誤會，不用說，他連意見都還沒表明出來。再說嘛什麼意見？在腦子裡連影子都還沒有哪。阿發怒視牆壁而氣惱的情形，除了被問題困惑之外，還覺得這女人簡直太嚕嘛。到後來好像他的不快樂就只因為太太的嚕囌而起。

「你走開，我要洗腳。」

阿發轉身走到隔房，阿桂舉一塊遮板把路擋起來。阿發聽到擋門板被小心放下來的輕細的聲音，引起了一些猜想：她不生氣了。那就好，總不至於弄僵吧。也沒什麼好弄僵啊！再有了小孩實是討厭。裝不裝？這女人真笨！這時候，隔板那裡，阿桂洗滌的水聲嘩啦嘩啦地響，阿發聽在心裡，好像完全被說服了什麼似的感覺。他想要讓阿桂知道他已不再氣了，所以他就用平時的口氣叫：

「阿桂！」他很注意隔房的反應。

「什麼？」

從那聲音阿桂也想像到阿發此時的臉容。

「你在鑲金是嗎？」

阿桂沒應聲。兩個人都在背地裡會心地笑起來了。

小孩子早都睡了。阿桂還很不放心地坐起來看看。

「早就睡了你還看什麼看。」阿發心有點急。

「我就怕小的感冒，他已經有一點了。」

「等一會兒抱他過來就是了。」

每遇到這種情形，阿珠心裡就忐忑得很厲害。她睜開眼睛，把耳朵豎得靈靈的。但是大人的談話已經變成細聲得不容易聽見什麼。她很小心地翻過身爬出棉被，把一隻眼貼在一個板洞屏住氣。突然她感到後面有些輕微的移動，轉頭一看，原來老二也沒睡。阿昌用手指堵著自己的嘴，暗示姊姊不作聲。阿珠緊緊眨了眨眼，劈頭歪嘴地暗示弟弟睡覺。後來兩個妥協了，他們很清楚地聽到大人的對話：

「這是怎麼回事？」父親的聲音。

「癬啊！」

「怎麼長到這地方來！」

「還不是從你那裡。」埋怨地。

「嘖！這東西好討厭！」

小孩子一聽到癬，自己身上長癬的地方也跟著癢起來。阿珠狠狠地抓她的脖子的地方，阿昌卻忙不過來地用隻手抓著整個頭。

「你到底什麼地方還長？」父親問。

「這裡。」

「這裡？」

「再上一點。對了。」

「哇！不少嘛！」

「但是沒有你多哪。唷！真癢。」

「不要抓啦！好髒呀！」

「那你的手現在做什麼呢？」

「我，我……」阿發說不出來了。

「我，我……」阿桂學他的窘狀。「你這人真是王爺，自己放火還不許人家點燈。」

「真討厭的東西！」他拚命地抓。

「小孩子才可憐哪！老么生出來才幾個月也長了。」

「咱們家什麼時候開始有人長癬？」

「誰知道，有好幾年了。」

「有嗎？好像是。」

「對了。下次有錢先不要買鐵皮蓋屋頂，還是先買癬藥回來要緊。」

「我又不是沒買過。」

「買好的嘛！」

「好的？你知道有多貴？那不是咱們買得起的。」

「奇怪！就沒見過有錢人長過癬，為什麼癬藥要那麼貴？」

「買藥水嘛又只能一時止止癢。再說咱們家裡的癬，把它攤開來也有一張榻榻米大吧。買一兩瓶藥水回來，就像打翻在榻榻米上，有什麼用？」

「那怎麼辦？」

「倒楣嘛！」阿發無可奈何地抓著：「唷！嘖嘖！我一定把皮抓破了，濕濕的好殺呀！」

「我也是。」

「不行不行！鍋裡還有沒有熱水？」

「有是有，但是不夠，再燒好了。」

「再燒再燒！非把皮燙熟了不行。唷！嘖嘖！」

「都是你。」阿桂說。

「我怎麼樣？」

「你剛才不提就沒事了。癬這種東西只要你不去提它、不去想它、不去碰它就沒事。」

這一點阿發完全同意：

「沒什麼大不了的事。癬本來就是咱們貧窮人家的親族，你還是快點去燒水吧！」

阿桂像突然領會到什麼。

「噢！我明白了，我們生小孩就是這樣子生的。」

「這樣是怎樣生？」

「生出來了就讓他生出來，不想不提不碰就沒事了。」

「這是你說的！」阿發有點煩：「你說這和燒水有什麼關係？」

「那麼讓我去裝『樂普』怎麼樣？」

阿發氣得像顆定時炸彈，整個屋子裡的空氣，靜得像凝固起來。

兩個小孩失望地躺回原位。兩雙手無意識地在身上，這兒抓抓，那兒抓抓地抓個不停。

原載一九六八年一月《草原》第二期

北門街

他又出現了，那是每天幾近傍晚的時候。

他執坐在北門街口的一個消防砂箱上，像一尊塑像，兩隻布滿著血管無神的眼，始終望著斜對面的西藥房，很少移動，而那表情是那麼深沉複雜。顯而易見的是，衰老和極度的頹傷，再加上凸出的顴骨，和生根在頭上的破雨帽，已足夠表徵他的貧窮。燃著的新樂園，時而叼在嘴角，時而夾在指縫，那是和他永遠連在一起的。

雨天，他就退到走廊，叉手抱懷，身體倚在柱子，雙眼還是凝視著老地方。這種慣例，已經延續了一年多了。

幾年來，自己辛辛苦苦地白手建家，在戰後傾其所有的積蓄，在北門街買下一棟破舊的房子，再稍加翻修，才把大小七口人安頓下來。這樣，他們卸下重負，否則以前那種居所不定的生活，令他覺得對不起妻小。

北門街是這個小鎮的中心，由於戰後繁榮的迅速，此地的地皮和房子也都飛漲起來。因而，他時常在暗地裡感到欣喜。但是，一想到當時買這房子之前，猶豫未決的情形，就不禁戰慄。要是當時沒買呢？想到此，他趕快又避開別想。可是買下了房子是事實，買房子的那些錢，是他血汗的成果，基於這點，他完全同意了。

他的腦子裡盤算著：把房子前半部租給人開店，一月少也有一千。老大就在機關，一個月除了食物，還有四、五百，老二等當兵回來再找工作。老三到老五，目前他們是吃定了。我做道士，收入雖不定，一月也有六、七百。哼，這樣不錯。

一切的計畫，在短時間內都實現了。他的生活也略微寬裕起來，每天晚上，他都可有一碗酒和一碟小菜。飯後，他用牙籤剔牙，然後一杯清茶，香菸，散步，找朋友閒聊，或是看戲。要是說生活也能像藝術家，他常在閒暇的時間，退出自己的生活圈外，靜靜地欣賞著幾十年來，苦心經營的作品，多少總有些樣子。而此時對於旁人的批評，是不會放在心上的。一件作品的產生，在作者的喜悅，除了完成的滿足，還有其他微妙的情緒。

時日把人舊有的喜悅沖淡，另外新的衝動，要獲取新的喜悅來滿足，而這在年輕的一輩，顯得格外強烈。

「阿爸，……」老大囁嚅地把後頭的話吞了進去。

「哼——」這種低調的鼻音也是為父的尊嚴。

「我們到裡頭，我有話同你商量。」小聲地。

老大先到裡面，把小弟們叫開，他們倆就坐下來談。

老頭子心裡感到十分懷疑；這孩子談話向來就不機密的，會是出了什麼岔子？看他樣子又是那麼沮喪。一種厄運的預感，閃電般地觸動了他的腦神經。

「這回我又完了。」很沉痛地，這聲音一點氣力都沒有。但手卻揑得出汗。同時直望著父親。

他把視線移開到另一個目標，呆呆地什麼都沒有回答。胸部的起伏，驟然緊促。「本想大大地把前幾次的都一併撈回，哪知道又被抓了。」老大咬牙說：「這次全是日本的西藥，價值十萬多。統統完了。」

老頭兒一直緘默著。其實他已被十萬這個數目，嚇得癱軟下來了。他哪來十萬？他一想到房子有十萬價值時，心裡即刻慌張地吐了一口長氣。

「我想……」老大以為他沒有注意他的話。他大聲地：「阿爸！你聽到我說什麼嗎？」很快地，又後悔地緩和了語氣：「抱歉，我不該對待你這樣。但是……我也是想替家裡多掙點錢，希望你不再工作。所以……」老大接不下去地哭了。

沉默了很久，只有老大伏案的抽噎聲，事實上，老人家何嘗不同情他，也只有他默默地獲得父親內心的喜愛。但他不曾知道，而老人家也沒有覺得那種必要。那種冷嗎？餓嗎？是母性對子女的愛法。

他啟開了嘴唇，顫了一會兒才說出話來：

「我早就看清楚了。你們兄弟老覺得道士的職業低賤、落伍，有了這種父親，你們在別人的面前，挺不起胸，抬不起頭來，實際上，你們都直接地靠我這一行長大。」眼睛還是望著老目標，慢慢地又說：「你說我低賤吧！然有那麼許多人相信，他們能從我這裡得到安慰，使他們有寄託。我竟沒有你們的那種眼光，看出我自身的低賤。告訴你，十八層地獄裡，都是在懲罰你們這群不肖子。」一他盡力地抑制胸頭的那種辛酸。嘴唇合不攏來而顫著。

他是了解這一輩年輕人的心理的，只是一下子叫他不易接受。他有很多的知識，都是由天天勤於閱報而來。對於前面自己說的話，他感到違背了良心而矛盾。近幾年來，他逐漸地對自己的一套，也大大地懷疑。

「當你要開始做這一行生意之前，我不是十叮嚀八吩咐地說：『清池啊——這種生意是做不得，靠這種發財的時機已成過去了。現在做是得不償失的。』想想看，當時我是不是這麼告訴你？你就不聽。看！現在，我管你……」話說到這裡被截斷了。

「我現在不是來聽你說教的！」清池猛抬頭，搥了桌子，氣恨地走出去。

他一時感到暈眩，前面的東西，都隱沒在黑暗中了。

這突如其來的打擊，雖沒把他擊倒，倒也夠沉重的了。老妻是多愁型的女人，這天大的事怎麼隱瞞，目前唯有一條路，把房子賣了。她知道了又奈何？買了這房子是運，賣了是命，以前沒有不是也可以挨。雖他先盡力地安慰自己，想改變另一種觀念，來接受目前的現實。但是那是極不容易的事。從此，他深深地陷於不可言喻的痛苦裡了。

不久，房子的變賣，清池的自殺，老妻的憂病，老三的自動輟學幫助家計，把家寄籬在近郊親戚的農舍等等，這些他都歸咎於自己獨自挑擔。他曾想到死，可是良心上的責任感，阻止了他的短念。他想：至少也要等老二回來有工作。這樣一天一天地，自己的精神都折磨耗盡，漸漸地變得癡呆了。所有在他腦中的意念，也都泯滅。責任感與短念的矛盾也不復存在了，像失了知覺的人，只是一具行屍走肉罷了。

沒有人曉得，他為何執在那裡的意圖，當執在那裡的時候，他的腦子裡在想些什麼？是不是一年多的時間，老想著同樣的問題！這連他也不清楚，只是他不曾像旁人那樣去替自己想過。一種酷愛和占有潛在意識，到了時間，就操縱著這具軀殼，來到老地方執守。

一年來的苦難，家人也都習慣下來，一切都變成平常。

一天午夜，東邊的天紅了半邊。

「啊！街仔火燒厝！」有人大聲地連喊了幾聲。

家裡大小都起來，走到曬穀場遙望。他和所有好奇的人一樣，趕忙地往小鎮跑去。

「阿塗——這麼晚你到哪裡去！」妻子關切地呼喝。但他回都不回頭地走了。

「北門仔燒了。」他聽到路旁的人在談論。他的腳步更快地，像一部機器不斷地前奔。

果然不錯，是北門街著火。原先起火的紙錢店已經燒毀了。現在正延燒著裁縫店，西藥房和五金行，還有連著的皮鞋店也接了火種。

火，像一隻大猛獸，伸出紅紅的舌舐著裁縫店，然後就把它整個地吞食了。西藥行也困於火海之中了。

他不停地跑到現場的警戒線，被人群堵在外圍。眼看他一生以血汗換來的房子，被熊熊的烈火吞噬時，兩顆晶瑩的淚珠，羈在眼角映著紅光，一股癡深酷愛的力量，在全身氾濫起來。他曾在那所房子裡，過了一個短暫美夢式的生活。雖然後來又淪於別人，但那仍然存有紀念性的寄託。像爬山家，登高峰後，下到山腳下，仰望他曾征服的峰頂而陶醉。他愛它的冷酷和艱險，只有這樣他才能偉大。

他出其警戒人員的不意，向著西藥行衝過去。猛烈的紅光中一個黑的人影倒下。火繼續地延燒著，片刻間，西藥行的屋頂也都塌下來了。熙熙攘攘的人頭，仰望一陣熱流的漩渦，捲起灰燼，一直往天上升。

原載一九六二年三月三十日《聯合報・聯合副刊》

小巴哈

從上星期我替陳老師代課以來，小孩子們一直吵著要我說故事。

我始終沒有答應。這班三年級的學生，看譜和辨音的能力很強，今天第四節音樂課，很順利上完了一小單元，還剩下十分鐘，我就想給他們說個故事。

「現在我來講一個音樂家的故事。我們剛才學的〈老漁翁〉，也就是他作的曲子。」

小孩子一聽說要講故事，高興得叫起來。

「那麼好，請小朋友不要隨便講話。」

他們都覺得這是很公道的交易，全堂即刻就靜下來。四十八雙晶亮的眼睛，閃閃光，迫切地期待著我。我轉身在黑板寫「巴哈」兩字說：

「今天要講的這位音樂家的名字，叫做巴哈。我們且聽他小的時候是怎麼用功，小成為大音樂家。」底下已有幾位吃吃地笑著說：

「那位音樂家叫做爸爸！哈哈，巴哈爸爸，爸爸巴哈。」

「說叫做爸爸了。真有趣。」大家都笑起來了。

「好了，好了，大家安靜。」

「不要笑了。等下老師就不講了呢！」一位性急的孩子直呼起來。教室裡很快地又靜下。每一張小臉都很可愛，他們好奇地等待著爸爸的故事。

「是的，這位音樂家就叫做爸爸，他是音樂的爸爸。但是一般都不這樣講。大家都稱他為音樂之父。」我抓住了這反應，提示他們做聯想的記憶。

「巴哈是德國人。小時候生活過得很快活。因為家裡有爸爸和媽媽，還有哥哥，他們都很愛他。他也很聰明。你們想，這是多麼幸福的家庭呀！跟你們一樣是不是？」小孩子們的臉上，都泛起了愉快的微笑。

「但是，不久之後，不幸的事終於發生了。死神把他最親愛的爸爸媽媽相繼地帶走了。」我特別把聲調放得低沉。停了停，看看他們。剛才的笑容似乎也同時被死神劫走，換來的是一張張焦慮不安的小臉。我很快地安慰他們說：

「小朋友，你們多好啊！在家裡仍有爸爸、媽媽、哥哥、姊姊來疼你們呢！」大家又高興了。

「老師！他就沒有爸爸和媽媽，他住在他哥哥家。」非常突然地，清水站起來指著近旁的修明說了。這我可為難。我剛代課不幾天，對學生的家境，還一點也不清楚。難道這就是我的疏忽？顯然地修明是受創傷了。

他——低低地把頭縮到桌子下，悲傷地抽泣著。看他那黃黃瘦瘦的身體，身上破舊不稱身的衣服，要是清水的話是真的，不難在他的身上，也可以察覺到，他哥哥對待他的情形。我似乎曾因他而呆了一陣。但我很快地就從他們的眼裡，看出我的窘態。當我把故事接下去講的時候，很明顯地可以看到，小孩子們也因此而發呆。也許他們在想：

老師為什麼不理修明呢？他不是很傷心嗎？我只能將錯就錯，硬把故事說下去：

「……後來可憐的巴哈，就住在哥哥家。他雖然失去了爸爸和媽媽的愛，但是在學校裡，有老師來愛他，還有許多小朋友也喜歡他。他們每天一起上課、遊戲，玩得很快樂……。」

「首先，他住在哥哥家總覺得生疏，不習慣。時常免不了有些小毛病發生。因此，大哥才時常打他、罵他。不過，這都是為了他好，希望他能做個好孩子……。」我偷看了修明一下，他已不再傷心了，只在座位上，弄一枝鉛筆玩。我的心也才跟著鬆下來。

小孩子們都聽得入神，我也為部分揑造故事的成功，講得更起勁：

「……他從哥哥的房間，偷出那本樂譜來，等到有月光的晚上，他就爬到屋頂上，借月光抄譜；並且背地裡跟著哥哥學習，一天，事情不機密，被大哥發現了。巴哈被痛打一頓，還有辛辛苦苦抄來的冊子，也被扔進火爐燒毀了……。」

「……但他有恆心，有勇氣，不怕任何的困難，一心學習音樂；最後終於成功了。成為鼎鼎有名的大音樂家。現在被全世界的人稱為『音樂之父』來崇拜他。」

小孩子們滿意地鼓起掌來，有的不停地說：

「巴哈、爸爸、音樂的爸爸，音樂之父。」教室裡的空氣很輕鬆，修明也跟大家樂成一團。鈴響了。小孩子們揹著書包，唱著剛學來的〈老漁翁〉回去了。

我回到座位，揩去額頭的冷汗，喝杯水休息。

「老師！」這聲音很小，我轉頭往門口看，原來就是修明。我的心不覺一愣，很快地又向他招呼：

「進來，修明。」他沒動。我再叫了一聲，他才歪斜著頭，拉著衣角，依著牆壁，像蚯蚓似的慢慢地移過來。

「修明，有什麼事嗎？」他已站在我的面前，低下頭注視著腳尖，把身子晃來晃去。我找到一張紙，很快地擦去他的鼻涕。

「老師——」他有點口吃，小聲地說：「我——我也能像巴哈那樣嗎？」他鎖起眉頭，側頭看我。我被激動得講不出話來了。我蹲下來，緊緊地握住兩隻小手，以點頭回答他，我感動得就要哭出來。我盡力抑制自己，免得讓小孩子有所猜疑。但是仍然壓不住心裡的同情，兩顆羈在眼角的淚珠，竟被推滾下來。同時我也感到一陣快慰而微笑。此刻，他在我的眼前，只是一條單薄而模糊的影子。

編按：這一篇是黃春明就讀屏師時代的習作，一九五七年發表於《新生報》南部版，當時的署名是「黃春鳴」。一九六二年三月二十四日重刊於《中央日報・副刊》。本文根據《中央日報・副刊》。

城仔落車

這天七度，天氣很冷。

十六點二十分往南方澳的班車，由宜蘭汽車站開出了。旅客特別稀少。

「阿媽，城仔到了嗎？」阿松有點等不及。其實也不全是那樣，總是很矛盾。

「到了自然就會下車。你急什麼？」祖母的心情更沉重。城仔，她從來就沒來過。她問鄰座的旅客：

「到城仔還有幾個站？」

「再三個站就到。」鄰座的反問：「你從哪面來？」

「瑞芳。」

「到城仔做什麼嗎？」

她聽到了，但沒回答。到了一站，鄰座的人下車了。

車廂裡很靜，沒有人說話，只有發動機的聲響。馬路上行人很少，汽車一路奔跑都不用按喇叭。沿途的小招呼站，也沒有旅客上下。

阿松和祖母坐在靠門的前座。小孩子高跪在椅上，眺覽窗外。後來他的興趣又移到玻璃上的蒸氣亂塗。他才九歲，早患佝僂痼疾，發育畸形，背駝腳曲，面黃肌瘦，兩眼突出，牙齒也都蛀黑了。說起話來，聲音尖銳刺耳。那祖母給人的印象大約有六十開外的光景，事實上她才五十歲。歲月和生活在她枯乾的臉上，留下了很深的痕跡。她不曾笑過，那種表情嚴肅得和冬天一樣。

到了橋頭，又有人下車，她算下兩個站了。當汽車開動，老太婆問車掌小姐說：

「城仔到了嗎？」

「你到城仔嗎？剛過了兩站。」

「糟糕，下車下車。」她急得站起身來。

「現在不能停，到下一站過橋的那一端下車吧！」

「那怎麼可以。」像自言自語，她失望地坐了下來。

汽車在蘭陽大橋上跑。她埋怨的事很多，現在最令她不安的是，汽車跑得太遠了，並且不能即刻就停止。

汽車到了復興村停下來了。老少兩人一下車就被車外的昏暗與北風吞食，暮色中，除了大橋和馬路，所有的東西都在顫抖，而夜魔的足步越發地緊迫。

這淒涼又陌生的環境，令他們害怕。阿松更怕，他緊緊地拉著祖母的裙裾，挨近她的腳蹲下來。祖母向馬路兩頭探望，很想隨便遇見一個人，問問時間。過了很久，誰都沒遇見，偶爾張篷的大卡車，像一頭怪物掠過之外，什麼都看不見。

「阿媽，我們怎麼還不走呢？」

「我們等返回宜蘭的車到城仔。」

他們就站在原來下車的那個招呼牌等車。風颳得更起勁，天氣更寒冷。他們緊咬著牙，互相沉默了許久。過了些時，往宜蘭的車來了，遠遠地到近近地，又過去。

「唉！該死！怎麼不停呢？車上不是清清的嗎？」

她仍不知道，那地方是往南方澳的招呼站。

「阿松，我們還是用走的好。大概不會太遠吧！不要誤了五點，你阿母在那裡等著我們呢。」她牽起阿松開始走，很慢地，但他們已是盡了最大的力量。

「噢！這座橋這麼長，會走不完嗎？」其實她煩惱得沒有這份興趣注意這些，只是想提起阿松的精神來。

阿松越走越慢。

「阿母說，等你到她那裡，她要叫個外省人的爸爸，替你買衣服和鞋子。」

「快點走呀，忍耐一下，我知道你很辛苦。大概五點到了，那就糟。不會吧！快五點就是了。趕快，走快些。」

不管她說什麼，阿松再也不會感到興趣與重要。冰冷刺骨的風，不斷地從他的短褲頭灌到全身，使得他每一個骨節，都感到痠痛。起先還可以勉強，但越來越走不動。

「你猜，現在會是五點了嗎？」她十分焦急。他依然沒有回答。脊椎骨的凍痛再無法叫他忍耐了。

「怎麼？哭了。你是知道的，我連蹲都蹲不下來，怎麼能揹得動你。龍骨又痛起來了？那一定很痛。等我們到你阿母那裡，叫她燒水讓你泡泡就會好。快，不能停下來。」她的心都焦了。她知道阿松等會的情形會怎樣。那樣他們在五點之前，一定趕不到城仔。趕不到事情就不堪想像了。她不敢再往下推想。

這次，他們祖孫兩人，一道來城仔找她的女兒阿蘭，也就是阿松的母親，另外還有阿松的新爸爸。這是他們命運的轉機，可能從此他們的生活就可好轉過來，不然，不然，那就是更大的不幸。

阿松很怕遇見陌生人，因他的體形，陌生人對他的注目，他從小就敏感了。他和所有的小孩一樣，喜歡在母親的身邊過日子。但是母親沒讓他獲得這份溫暖。她遠離家到外地充當妓女維持他們的生活。

阿蘭自己覺得，一直操這種職業，也不是辦法，曾同老人家商討的結果：只要男方答應，連老人和阿松一併帶在一塊兒生活，其他的別無要求。經過一年多，這次好不容易才遇到一個姓侯的退伍軍人向她求婚。他參加開拓橫貫公路，有些積蓄。老人向媽祖求籤的結果，媽祖也贊同這椿婚事。

「怎麼？真的走不動了！」她看到阿松突然蹲下來哭時，她慌張了。

「再走一點，快起來走一些就好了。你一向都是很乖很聽話的啊——」她以哀求的口吻懇求，「快起來。看，天已經很暗了。」

他只顧哭，而哭聲越哭越大越傷心。

「你聽我講，不要哭了。你阿母同我約定五點鐘在城仔等我們。要是我們遲了，就會找不到她，我又不知道他們住在哪裡。所以我們必須趕快走是嗎？快，我想還來得及的。假使慢了八、九、十分，她也會等！」本來她急得就要火了。但她還是努力壓著氣，儘量溫和地鼓誘阿松。

「我的骨都斷了，你還叫我走！走！」阿松耐不住氣，大聲地哭嚷起來，他雖年小，不過比起一般的小孩子都懂事，他知道怎麼才不至於令成人感到厭煩。像此刻的這種情形，只是心有餘而力不足的事。

「不能走，不能走那要怎麼辦？」祖母也沉不住氣了，她盛怒地，「該死的不死，你怎不去替不該死的人死。真的前生前世不知做了什麼大不德的事，才受你這駝背的氣。」

阿松哭得傷心極了。

「好！你不走就不走吧！我就把你扔了。」她說了就要走開。但阿松牢牢抓住她的裙子，坐在地上不放。

「不要你碰我，我恨你。放開，你是累贅枷。」她要拋開他的手，「死孩子，放開，放啊！你不走抓我這麼緊幹什麼？」不管她怎麼掙也掙不開來。

「死阿媽，死阿媽！」阿松由恐懼與怨恨，迸出一股奇力，牢牢地把祖母釘住，並大聲哭罵。

「好，我去死，你把手放開。」她擰著他的手，甚至於狠狠地摑他，終歸無效，「唉——我的命好苦呀！太悽慘了。神明要是真的有靈的話，就讓我即刻死掉吧！」她也哭起來了。寒風也哭了，天更暗。

最後，幸虧守橋的衛兵，替她擋了一部卡車，讓他們到城仔。

「請問現在是幾點了？」

「五點八分。」司機回答。

「請開快點好嗎？拜託拜託。」

「馬上就到的。」司機另外再問了許多話，她都沒有回答。她一上車就墜入沉思：

……阿蘭過了時間，還會在那裡等嗎？她不在那裡就糟了。不會的，她一定還在那裡等著，還有她的丈夫也在那裡。不，不，他也許很忙不會來。這樣更好，否則他看到我們這種老邁殘軀的模樣，一定不會歡迎。……不，以後還是要見面的。阿蘭不知事先就給他講明白了沒有？……他會歡迎這孩子嗎？還有我……？……？

「阿婆，城仔就在前面。」司機指著前方說。

「唉！怎麼這樣快！」她愣了一愣，反而怕起來。又像自言自語地說：「太快了！」

原載一九六二年三月二十日《聯合報．聯合副刊》

大餅

林文通騎機車路過虎林街的某一條巷子，看到巷口的土地廟的時候，突然想到，蔡董說的好像就是這附近的公寓。不知道他的近況怎麼樣？他停了車，人仍然騎在車上，並不急切地張望著兩旁的四層公寓，試探著叫喊起來。

「蔡董——！」

停了一下子。

「蔡董——！」

在他斜對面的三樓鐵窗後，一張很不愉快的男人的面孔，和兩邊的盆景並排著往下望。林文通接觸到那目光，覺得很沒趣。他雖是路過這裡，不急著找蔡董，但看到那不友善的目光，他不讓對方覺得他對他的出現有所畏怯，於是他又不那麼大聲地叫了一聲「蔡董——！」就走掉了。

住在四樓的蔡萬得，聽到有人叫他，但一時不敢相信。當他聽到第三聲，認出那是林文通的聲音，趕到樓下的巷道時，兩頭都看不到人影了。他站在路上抬頭望了望，望見了三樓鐵窗後那一張不愉快的臉孔，他很自然地避開。

蔡萬得回憶一下，剛才有人叫「蔡董」的聲音；蔡隆？菜蟲？蔡董？他又覺得沒有把握了。可能是聽錯了。他想。不過一想到「蔡董」這個稱呼，暗地裡自己一個人都覺得不自在。他一邊上樓一邊想著中國人的姓名，常使一個人的處境顯得很尷尬；像一貧如洗的人叫黃金萬，搶劫犯叫許正雄。這種情形，有時連死人都不放過，被汽車撞死的年輕人竟叫做謝添壽。

「伊娘的，失業三四個月了，還叫什麼蔡董。蔡屎咧，蔡董！」他喃喃自語地上了四樓，順手把門推開，在那一刹那，他竟被午後空蕩無人的氛圍，輕輕地嚇住在門外而有點驚慌。

在公司裡當事務股長的時候，同事間把他當著那個搞房地產賺大錢的億萬富豪的蔡萬得來說笑，稱他蔡董事長，簡稱蔡董，那時他還能悠然順大家的意開開玩笑：

「蔡董電話。」

「是誰的電話不會問清楚嗎？你祕書是怎麼當的？」

「喂，請問，請問我們哪裡啊？嘿嘿嘿……」反而想戲弄他的假祕書憋不住氣地笑起來，大家也跟著樂。

就像這樣，只要別人有興趣，他總是奉陪大家，裝扮成蔡董事長的口氣，一下子叫司機，一下子說哪裡的一塊土地，煞有其事地跟人做著對答。公司裡大家都公認他是一個樂天的人，連我們經理也喜歡稱他叫「蔡董」。

這一次他失業了。他沒拿到三個月的遣散費。他安慰自己，說這總比津津食品和華龍紡織的員工好；他們還有領不到薪水的。可是三四個月下來，內心的焦灼，一天比一天不易按捺。一張平時愛說笑的嘴巴，竟變得喋喋不休。尤其是小孩子的事，最容易引起他嘮叨唸罵。其實他對自己這樣的一張嘴巴，也自覺得討厭。但一到時候，連自己也拿它不住。

四十出頭的人，一攤開分類廣告就自卑，人家徵求的不是役畢的青年，就是有專長的人。幹事務的哪一門都不是，這樣的工作，只有靠人事關係，以前幹了十多年的事務，就是靠老同學的關係，現在人家公司破產了還有什麼話可說？再說，事找人的消息，已大不如兩三年前了。明知道今天的分類廣告和昨天以前的內容一樣沒什麼希望，可是還是從頭看到尾，最後換來的是，只有一大口一大口頻頻吸菸吐氣的份。

這種情形，太太看在眼裡，安慰著說：

「慢慢找啊，急有什麼用，急出病來才糟哪，反正暫時我們郵局裡還有四萬多塊錢，還可以……」

太太還沒說完，萬得不安地站起來叫著：

「你又來嚇我了！」

「我嚇你？」太太疑惑地問。

「那你為什麼要告訴我還剩下多少錢？」

三個多月前，失業的那一天，他才問太太說家裡還有多少錢時，太太說還有八萬四千塊的。他覺得怎麼一下子，就在他低頭抬頭看分類廣告之間，已經用了四萬多塊了。

「我們的錢到底怎麼用的？」

「我們可用得最省啦。看嘛，房租一個月四千五……」

萬得覺得一陣絞痛。太太繼續說：

「水電算一千好了。這不就是五千五了。每天我們五個人吃用的算兩百好了，這不就要六千了嗎？……」

「好了，好了！不要再說了！」他害怕聽下去地叫著。他想了想，突然說：「好，我不抽菸了！」

「不要說不抽，少抽一點對身體倒是好的。不過，」太太想了一下才說：「這兩三個月來，你買了那麼多種的黨外雜誌，那不是很花錢嗎？」
「要看啊！」他很不耐煩地回答。
「看？你看了總是禁不住要批評政府，罵國民黨。這種話被聽見了，被抓走了還找不到人哪。」
「你們查某人懂什麼？」
「我們是不懂。我們只求平安沒事最好。」
「他們最喜歡你們這種人。」
萬得不知道是聽太太的話，或是意志不堅，他還是沒把菸戒掉。看報紙的時候，仍舊一大口一大口地吸，看到不平的事就用力吐煙，為了堵住外頭的寒流，密閉的小房間，都蒙上一層煙霧。
「看！」他用手把報紙一彈：「又是搶劫！」
「昨天晚上的電視新聞就有了。」在做功課的老么抬起頭說。
「我是說報紙上說的。」他有點不高興小孩子插嘴。
小孩子趕快又埋下頭做功課。
「說到這個林牛港，」三個小孩子聽到爸爸這麼說，互相低著頭交換了個眼色，禁不住吃吃地笑起來。萬得沒理他們，他繼續說：「只會說大話，說什麼三個月就要讓鐵窗業蕭條。現在過了幾個月？我說他叫林牛港是有道理的，因為他會吹牛。」最後吹牛兩個字是用國語說的。

小孩子聽爸爸說國語覺得新鮮又好笑，他們全都笑起來了。

「在小孩子面前不要黑白講。小孩不懂事，萬一到外頭亂講就不好了。」太太又對小孩子以嚴厲的口氣說：「你們在外頭可不要給我亂講話！」

「知道。」小孩子說。

「你們每天功課都做到十一、二點，早上叫都叫不起來，最好不要聽，快寫！」媽媽說。

「這你們查某人又不懂了。學校的書要讀，這種叫社會學，這種社會學也要知道。」

小孩子低著頭偷看母親，母親的目光正好注視著他們。小孩子很快地把視線移到課本上。

一家五個人，做功課的，看報紙的，摺外銷雨傘把柄環的，大家又沉默起來。大概只有做手工的媽媽的腦子還可以做別的事，不一會，她突然冒出話問：

「你不是喜歡釣魚嗎？」媽媽又對小孩子：「我跟你爸爸講話，沒你們的事，快寫！」

「釣魚？」他摘下眼鏡不解地望著太太。

「我是說你整天悶在家，心情沒辦法疏解，看雜誌惹你批評，看報紙罵東罵西，看電視罵這罵那，見了小孩罵大罵小。出去外面散散心，可能會好一些。以前你不是愛釣魚？」

「你以為釣魚的人是什麼人？他們開著小轎車，載著冰櫃到濱海去釣魚的啊。你以為他們和我一樣是沒有工作的人？到河裡釣？河裡哪有魚！到池塘釣是拿錢買開心的。釣魚？」

「我是說你應該到外面走走。」太太有點沮喪地說：「不然你整天在家不快樂，做你太太的人也很緊張。」

「怎麼？沒工作就討人厭了！」他有意鬆了語氣，叫話不那麼刺耳。但是太太還是傷心地說：

「你這個人。你變了樣自己都不知道。」

此刻他是很了解太太的心情的，同時也覺得太太的美麗。但是嘴巴卻不那麼老實。

他低沉地說：

「變成鬼了！」

他偷看到太太受委屈而低下頭的側面，暗暗地責怪她笨，為什麼不了解他的內心，而去和那沒意義的氣話認真。

又是一陣很氣悶的沉默。

國中三年級的老大，抬頭看看鐘說：

「媽，我還剩下一篇作文，我先去睡一下，十一點把我叫起來。」

「現在都快十點半了，睡個半小時有什麼用！做完再去睡。」爸爸說。

「人家很愛睏。」小孩難過地說。

「先讓他睡好了。每天做功課都做到十一、二點，小孩子一直沒睡好。」媽媽又對另外兩個：「你們兩個小的，還有多少沒寫？」

「快了。」老二回答。

「快十一點了還說快了。人家大人講話有什麼好聽。快寫。到十一點沒寫好，就不讓你們寫！」

「這是在摧殘幼苗，哪裡是教育！」

「你又來了。」太太提醒他說。

老大把作文簿攤開，一邊磨著墨看爸爸。

「什麼題目，做完了再去睡嘛。」爸爸說。

「讀索忍尼辛演講有感。還有一個是論憂患意識。」

「嘖！看這種，又是這一套！」

「好了，要睡就快去睡吧，十一點馬上就到了。」媽媽一句簡單的話，忙著兩邊照應。

老大擱下墨，看了一下爸爸，小心地走開了。

老么看老大一走開，竟一邊寫一邊掉起眼淚來了。老二看弟弟哭，自己預感到一陣罵話即將來臨。他斜著頭歪著嘴，比剛才更快更認真地寫起來。媽媽看了這情形，有點替小孩子緊張。她看看報紙的萬得，故意先開口說：

「有什麼好哭的，有種就不要寫。還有多少？」

「兩行。」老么撥撥眼淚說。

「還有兩行你還哭什麼？晚上你們三個你是第一的啦。」

老么一聽媽媽這麼說，一邊還在流淚，一邊還笑起來。

整個晚上的氣氛到這時候算是最輕鬆，至少媽媽是這樣覺得，所以她對老么說：

「不怕人家笑。一會哭，一會笑，母豬尿撒撒叫。」

老二一聽老么只剩下兩行，他又更快地寫，落筆的聲音，就像好幾隻雞在桌上搶著啄米，桌子也咯吱咯吱地搖起來。萬得好奇地探頭過去。只見他連著五行都寫人字旁，接著回頭在中間寫言字。爸爸不解地問：

「你是在寫信字嗎？」

「不是，寫儲字。」

「什麼ㄔㄨˊ？」

老二指課本上的儲字給他看。這下他才恍然大悟，並且驚叫了起來：

「天哪！你到底是在寫字，還是在開拼字工廠？」他看看小孩子的作業簿，覺得怪小孩子也不對，於是他轉口氣說：「你們的老師到底是怎麼啦？這，這，每一個字寫五行，瘋了！」

這時老么淚還沒乾，字也寫完了。他為了表示不同，但又帶幾分害怕地說：

「我寫好了。」

「十一點了，好了就快去睡！」

「你也去睡！不要給我寫了。」萬得生氣地說。

「統統去睡，沒寫完我明天早一點叫你起來寫。快去。」媽媽帶小孩子去睡了。等媽媽一離開，老二倒轉過頭，借著臥房二十燭光微弱的燈光，繼續把言字填完，再填右邊的者字，接著下面還有蓄字和別的字等他又在淚光裡去拼湊。

太太熟練地在燈光下摺著小鐵環。

萬得憐愛著她，看了她有一會才說：

「不要等我了，快去睡吧，一大早還要起床。」

「誰在等你啊？」太太覺得臉上一陣熱，「我是等十一點要叫光雄啊。」

「十一點十五了。」

太太趕緊放下鉗子，跑到光雄的房間去。她看到光雄沒蓋被，先把被拉過來替他蓋好之後，輕輕地拍著光雄的臉頰說：「你這孩子，睡覺也不蓋被。起來，起來，十一點半了。」

小孩只是翻過身，又睡著了。

「不行不行，光雄，你還有一篇作文沒寫好，快起來。快！」她坐在床沿，把光雄的上半身抱起來，用手擦著他的臉。

小孩子閉著眼睛痛苦地說：

「拜託，再給我睡十分鐘就好了。」

「不行不行，睡什麼十分鐘。光雄，起來。」

「我明天寫好了。」小孩像說夢話。

媽媽看他可憐並不想叫他，但她怕爸爸來叫的時候，把小孩嚇著了。她把小孩放回去，蓋好了被，只是說給爸爸聽的叫著：

「光雄，十一點半了……」

「叫不醒就不叫他了。讓他睡個飽重要。」他在外邊說。

她走出來看到萬得替她摺鐵環，高興地說：

「你也會啊。」

「這有什麼難？光雄叫不醒就不叫他了。」

「功課沒做好，早上一起床就慌裡慌張，飯也沒吃就去學校。不過還是讓他睡個飽要緊。」

「好了，你該去睡了。」

「要啊，我當然要睡。」太太一想到剛才令她覺得臉上發燒的話，有點不愉快地說了就走開了。

他望著太太的背影，看到那圓熟的臀部的擺動，卻一時叫他緊張；他害怕兩個人醒著的時候躺在一起。自從失業之後，在夫妻的生活上，不但沒享受到什麼權利，連義務也沒好好盡到。多少天來，這問題一直在強調失業的嚴重性，不僅是在一個人失去了固定的工作和收入，最大的損失是一個人的信心，完全受到挫折。而這種挫折竟徹底地侵襲到生理的本能。萬得聽到太太關了房門的聲音，心感到有些歉疚之外，也安定了許多。

不過，奇怪的是，一旦人都去睡了，尤其是太太，只留下他一個人的時候，也就不覺得那麼愛看報紙和雜誌了。他精神很好。他抽著菸想東想西。想到林文通來找他有什麼事？

「以後大家多連絡。」

「有好消息就得通知啊。」

記得三個多月前，副總經理出面向大家宣告公司解散的那一天下午，會後大家還留在會場，為此後的連絡，互相留了通訊地址和電話的。結果幾個月來，沒有老同事打過電話來，他自己也沒找過別人。不會吧，不會是林文通。他有我的電話。他想。但一想到電話，他覺得像他目前的情況，家裡有電話是不大相宜的。當他鬆了一口氣。他想把電話頂讓掉，還可以多出一萬六千塊錢哪。

時間都過了十二點了，氣溫似乎驟然降低了不少，從膝蓋以下的部位痠麻了起來。萬得很清楚地聽到小孩子在說夢話。他先到老二和老么的房間去。門一打開，兩個小孩子的睡相，令他感到十分心痛。老么把被踢開，整個人縮成一團依在牆角，臉露緊張地睡著。老二的身上也沒有被，他倒轉過頭，手還握著筆趴在作業簿上睡。

「哎呀，哎呀！傻孩子，凍死都不知道。」

萬得把他們拉在一起，蓋了被，再摸摸他們凍冰了的頭手，心痛地說：「傻孩子，兩個都是傻孩子！」

他又轉到光雄的房間。光雄皺著眉頭，睡得很不安的樣子。萬得一邊替他把被塞緊，一邊望他的睡臉說：「怕作文沒寫好就起來寫。」他試著用手指頭去把光雄的眉頭撥開。「要嘛就好好睡。」他一時替光雄的作文感到沉重起來。

回到前廳的桌子，他坐下來翻翻光雄的作文本，發現小孩子的作文成績還不錯，最高的有甲，最低的還得乙上。他想著光雄說的兩個作文題：讀索忍尼辛演講有感，和論憂患意識。他想選一個替光雄代筆。他拿起小楷筆在報紙上，學著光雄還不成熟的字體，一邊想著如何來論憂患意識。

思索中他得意地笑起來了。他想到用鄉下養豬的豬公來做比喻，說牠在豬輩之間，不但不知憂患，還活得神氣活現，最後逃離不了上架，展示牠肥胖的身軀。

三四個月來，他沒有像這天晚上這麼愉快過。他一遍又一遍地看替光雄寫的作文。他想光雄明天醒過來不必緊張，另方面，覺得寫得很別致，口氣上和字跡也學光雄學得幾分像。他禁不住，跑到房間裡，輕輕地推醒太太說：

「光雄的作文寫好了呢。」

「你把他叫醒了？」

「不，是我替他寫的。」

「你替他寫的？」太太這下才真正地醒過來。

「是啊，不然怎麼辦。」

「幾點了？」

「兩點多了。」

「有沒有看看小孩子？」

「都替他們蓋好被了。」

「這麼冷，趕快睡吧。」

「唷！真冷。」萬得說著就鑽進被窩裡去了。

隔了一個禮拜。

晚上全家人都聚在前廳；小孩做功課，太太做手工，萬得看雜誌。不過，因為太太不贊成馬上把電話頂讓掉的事，又引起萬得喋喋不休的，使整個家裡的氣氛緊張起來。

這個晚上光雄一直想找個機會把作文本子拿給爸爸看的。爸爸不高興，覺得機會也沒有了。但是心裡卻急著要爸爸看看作文本子。前些天，爸爸還常常問起作文本子發回來了沒有？

「我知道我們現在不急著要用一萬六千塊錢。但是我現在沒工作，家裡還裝有電話，我就覺得不相襯，覺得不舒服你知不知道！」

「沒工作是暫時的。等你有了工作，想要再裝一部電話又不是那麼容易。」

「誰曉得什麼時候才有工作。我們何必為了一部沒用的電話，每個月還得付一兩百塊錢！」

「電話費我來賺好了。」

「你不要以為做一點手工就可以養家了。」

「你，……」太太把話吞了下去。
光雄沒心聽大人的爭吵。他想著今天老師發作文本子給他的情形：
「蔡光雄。」
光雄拿到作文簿，臉上掠過怪異的表情。臨座的同學移過來看。他們看到老師給光雄的評語，忍不住地笑起來。老師一邊發作文簿，還一邊說：
「光雄，沒有這樣的成語的。但是針對你的這一篇作文來說，就是豬頭不對馬臉。」
大家聽老師這麼一說，全部笑起來了。
「光雄！你發什麼呆！」媽媽說：「快做你的功課！」
光雄先是嚇了一跳。然後看看爸爸，爸爸也正好看著他。
「爸爸，作文本子發回來了。」
「老師怎麼講的，拿來我看看。」萬得很高興在這個時候，有事情引開那不愉快的爭執。
光雄很快地拿出作文簿給爸爸。萬得想著那自認為巧喻的內容，還得意地翻著作文簿。翻到最後，論憂患意識的題目上，一個紅色的「丙」字，滿滿地映在眼裡，他先愣了一下，看看光雄。光雄帶著責怪的眼神瞪著他。他一時變得像平時光雄怕他生氣的眼神，很快地避開。他又翻翻作文簿，然後很不自然地笑著說：

「哈哈哈，我們餓不死了，我們餓不死了。光雄得了一個大餅回來！」

全家人除了光雄，都覺得奇怪地望著他。他合起本子，不笑了，也不喋喋不休了。整個晚上，像很受委屈似的，連一根菸都沒動地坐在那裡。

原載一九七一年一月《文學雙月刊》第一期

阿屘與警察

幾條從市場輻射出來的街道，擠滿了從鄉間湧到小鎮裡來的菜擔子。他們隨時隨地機警地照顧生意，另一方面還得擔心維持交通秩序的警察先生。有時他們連警察的影子都沒見到，但是只見有人跑動，也就跟著人挑起擔子沒命地奔跑。

一個挑著一擔空心菜的中年村婦，背上揹著滿臉淚痕，而已經熟睡了的小男孩，緊跟在被警察拿走的秤子後頭，口裡不停地喃喃自語：好倒楣唷！唉回家該叫道士搖搖法鈴。她無可奈何地露出慘淡的笑容，回答兩旁亦帶著無可奈何地注視她的目光，走向附近的派出所。那個揹著的小男孩的整個腦勺，向後翻出揹巾外，像登山隊員的水壺被掛在那裡晃動。

「同情一下吧！那秤子是向烏鳩他們借來的哪。」突然興奮地從腰間掏出一張縐縐的小紙團：「你看這一張單子。」她很後悔把這一張單子弄成一團，她極力用手把它抹平，「看！這不是？我還向菜市場繳了兩塊錢哪。我是頭一次來賣菜的啊。只是想賣完這些菜，去買一批剃頭刀。家裡七八個小孩頭髮長得像鬼……。」

「免講！」掛好了帽子，喝了一口水，他總算坐下來開始辦公。打開抽屜，拿出一張違警罰鍰單的空表格攤在玻璃墊上，手握著原子筆問：

「你叫什麼名字？」

「阿，阿屘。」

「啊什麼？」皺緊眉：「身分證拿出來看看。」

「就是阿屘的屘。我是我娘的尾仔子……」

「身分證拿出來。」

「噢！身分證……」她慌張地摸摸袋子。

「到底有沒有嘛……」

「沒，沒有，沒有啦。」她注意著他的表情：「不出外也就沒帶身分證。」強露笑容説。

「不出外？出了門不叫出外叫什麼？」他實在厭煩得懶得再説話。「住哪裡？」

「什麼？」一下子想清楚對方的問話，「粿寮仔。」

「粿寮仔？」他抬起眼睛望她。

「是的，粿寮仔。」

「粿寮仔在哪裡？」

「在小埤仔那裡。」

「小埤仔？」

「是，小埤仔。」

他抑制著煩悶。他知道她並沒有欺騙他。他想了想：

「在什麼鄉你知道不知道？」

「美間鄉。」在那枯瘦與焦灼的臉上，忽然顯露出彼此溝通了的喜悅。

「美間鄉的什麼村？」

「粿，粿……。」那喜悅又遁失了。

「嘖！又是粿寮仔粿寮仔的粿寮仔不完。」不耐煩地皺著眉頭把原子筆重重地放在空表上。

所裡的小工友揹著公文袋走進來。

「陳阿語，你知道粿寮仔是哪一個村嗎？」他問。

「永福村就叫粿寮仔。」小孩子打量那個女人。

「呀！還是小孩的記性好。對了，我好像知道有個福，就記不起什麼福。」她向那小工友點頭。

「是不是永福村？」他問女人。

因一時沒注意他的話，她又愣住了。「什麼？什麼福村？」她的頭回來望著小孩和帶她來的警察。小孩子笑著，警察亦笑著。

小孩說：「永福村就是粿寮仔。」

「噢！是，是，我就住在永福村。」她愉快地望著小孩。小孩向她點頭。他知道她這次說對了。

他看了看她，把重新拿在手上的原子筆，輕率地往桌上一丟，雙手伸到背後抱著後腦袋瓜，再把背往後一靠，眼睛失神地盯住桌上空白的表格，很意懶地說：

「回去，回到你的粿寮仔去吧。」

她低聲細氣地問：「秤子是不是可以讓我拿走？」

他稍稍一揚頭，用下巴指著秤子，答應她拿走。

「啊！你做人太好了，將來一定有好報，一定升官。太好啦！」她一邊說一邊深深地鞠躬。「一定升官……」

經她這麼一說，他不由己地低下頭看看左上袋上的一毛一的階章。

當那村婦走下派出所的階梯時，他突然叫住她。

「出去外面，人家問你罰了沒有？你要說罰了，知道不知道？」他不帶任何表情說。

「為什麼？」她茫然地，「你是好人啊！」

「你就照我這麼說吧。」

她傻在那裡不知走動。

「回去！快回去！」他催她離開。

她一時覺得很難走開。她慢慢地轉身向外面，仍然惑傻了的那副樣子。但當她看到水泥階下，有幾隻閹雞在啄食她的空心菜擔時，她整個人都活跳起來了。「喲呼！該殺的死雞哩！」她揚起手裡的秤子，跑下階趕雞去了。小男孩子的頭，像登山隊員的水壺，左右晃動得更厲害。

原載一九六八年《仙人掌雜誌》

聯合文叢◎黃春明作品集③ 442

莎喲娜啦，再見

作　　者／黃春明
發 行 人／張寶琴

總 編 輯／周昭翡
主　　編／蕭仁豪
編　　輯／林劭璜　王譽潤
資深美編／戴榮芝
封面題字／董陽孜
封面撕畫／黃春明
篇章頁視覺／黃國珍
專案編輯／陳維信　張晶惠　蔡佩錦　李香儀
協力編輯／李幸娟　梁峻瑋
校　　對／梁峻瑋　陳維信　李香儀
業務部總經理／李文吉
發行助理／林昇儒
財 務 部／趙玉瑩　韋秀英
人事行政組／李懷瑩
版權管理／蕭仁豪

法律顧問／理律法律事務所
陳長文律師、蔣大中律師

出 版 者／聯合文學出版社股份有限公司
地　　址／（110）臺北市基隆路一段178號10樓
電　　話／（02）27666759轉5107
傳　　真／（02）27567914
郵撥帳號／17623526 聯合文學出版社股份有限公司
登 記 證／行政院新聞局局版臺業字第6109號
網　　址／http://unitas.udngroup.com.tw
E-mail:unitas@udngroup.com.tw

印 刷 廠／鴻霖印刷傳媒股份有限公司
總 經 銷／聯合發行股份有限公司
地　　址／（231）新北市新店區寶橋路235巷6弄6號2樓
電　　話／（02）29178022

出版日期／2009年5月　初版
2024年3月15日　初版八刷
定　　價／320元

ISBN 978-957-522-829-3（精裝）

國家圖書館出版品預行編目資料

莎喲娜啦·再見／黃春明著. --
初版. -- 臺北市：聯合文學. 2009.05
280面；14.8×21公分. --
（聯合文叢 442；黃春明作品集 3）

ISBN 978-957-522-829-3（精裝）

857.63　　98004929

黃春明作品集

03